Bianca

D0912650

UN AMOR PREDESTINADO
Kim Lawrence

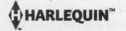

HARLEQUIN™

Editado por Harlequin Ibérica.
Una división de HarperCollins Ibérica, S.A.
Núñez de Balboa, 56
28001 Madrid

© 2019 Kim Lawrence
© 2020 Harlequin Ibérica, una división de HarperCollins Ibérica, S.A.
Un amor predestinado, n.º 2756 - 5.2.20
Título original: A Passionate Night with the Greek
Publicada originalmente por Harlequin Enterprises, Ltd.

I.S.B.N.: 978-84-1328-776-8
Depósito legal: M-38639-2019
Impreso en España por: BLACK PRINT
Fecha impresion para Argentina: 3.8.20
Distribuidor exclusivo para España: LOGISTA
Distribuidor para México: Distibuidora Intermex, S.A. de C.V.
Distribuidores para Argentina: Interior, DGP, S.A. Alvarado 2118.
Cap. Fed./Buenos Aires y Gran Buenos Aires, VACCARO HNOS.

MIXTO
Papel procedente de
fuentes responsables
FSC® C108412

Capítulo 1

MIENTRAS estaba atrapado en un atasco, Zach había recibido por fin el mensaje que había estado esperando. Por suerte conocía bien las callejuelas de Atenas, porque en su juventud había tenido que aprender a sobrevivir en ellas valiéndose de su ingenio. Una opción preferible mil veces a vivir con su abuela, resentida por tener que cargar con un nieto bastardo, y con su tío borracho, que lo maltrataba.

Aunque era probable que le cayese alguna multa por conducir demasiado deprisa, le llevó menos de media hora llegar al hospital. Entró por el pabellón de urgencias y una de las recepcionistas le dijo que avisaría al médico y le pidió que esperara. Alekis había estado tres días en un coma inducido después de que hubieran logrado resucitarlo tras un paro cardíaco.

El día anterior, como era lo más parecido a un amigo o familiar que tenía el anciano, había estado presente cuando le habían retirado los medicamentos que lo mantenían en coma. Y, a pesar de las advertencias del médico de que cabía la posibilidad de que no llegara a despertar, él no había perdido la fe en que sí lo haría.

Cuando apareció el médico, se saludaron con un apretón de manos y Zach apretó la mandíbula y esperó expectante a escuchar lo que tuviera que decirle.

–El señor Azaria ha despertado y le hemos retirado la respiración asistida –comenzó el hombre con cautela.

Impaciente por esa información con cuentagotas, Zach, que se temía lo peor, lo cortó y le espetó:

–Mire, hábleme sin rodeos.

–Está bien. No parece que haya problema con sus capacidades cognitivas y su comportamiento es normal.

Zach respiró aliviado. Una incapacidad intelectual habría sido la peor pesadilla de Alekis, y también la suya.

–Normal, suponiendo que antes de ingresar ya fuera bastante... mandón y quisquilloso –añadió el médico con sorna.

Una sonrisa asomó a los labios de Zach, relajando sus apuestas facciones.

–Sí, bueno, está acostumbrado a ser el que da las órdenes. ¿Puedo verlo?

El cardiólogo asintió.

–Está estable, pero confío en que comprenda que es pronto para decir que está fuera de peligro –le advirtió.

–Lo entiendo.

–Bien. Venga por aquí.

Habían trasladado a Alekis de la unidad de cuidados intensivos a una habitación individual. Zach lo encontró incorporado, apoyado en un par de almohadones. Aunque tenía mala cara, su voz sonaba fuerte y clara. Zach se quedó un momento en el umbral de la puerta, con una sonrisa divertida en los labios ante la escena que se estaba desarrollando ante él.

–¿Es que no sabe lo que son los derechos humanos? ¡Haré que la despidan! –le estaba gritando el anciano a la enfermera–. ¡Quiero mi maldito teléfono!

La mujer parecía muy calmada, a pesar de las exigencias y amenazas de Alekis.

–No estoy autorizada para hacer eso, señor Azaria.

–Pues haga que venga alguien autorizado para tomar esas decisiones o… –al ver a Zach, Alekis no terminó la frase y lo instó diciendo–: ¡Gracias a Dios! Anda, déjame tu móvil. Y una copa de brandy tampoco me vendría mal.

–Me temo que lo he extraviado –mintió Zach.

El anciano resopló.

–¡Esto es una conspiración contra mí! –gruñó–. Bueno, pues siéntate. No te quedes ahí plantado, o me entrará tortícolis de levantar la cabeza para mirarte.

Mientras la enfermera salía, Zach tomó asiento en el sillón situado junto a la cama y estiró las piernas frente a sí, cruzando un tobillo sobre el otro.

–Te veo…

–No vayas a decir que me ves bien; estoy con un pie aquí y otro en la tumba –lo cortó Alekis con impaciencia–. Pero todavía no voy a palmarla. Tengo cosas por hacer y tú también. Me imagino que sí que tendrás tu móvil, ¿no?

El alivio que sintió Zach al ver que seguía siendo el de siempre se esfumó al observar cómo temblaba la frágil mano tendida hacia él. Se sacó el móvil del bolsillo y disimuló como pudo su preocupación mientras buscaba en la carpeta de imágenes las instantáneas que había tomado unos días antes para el anciano.

–Dime, ¿cuánto crees que tardará en saberse que estoy aquí y empiecen a rodearme los tiburones? –le preguntó Alekis con sarcasmo.

Zach levantó la vista de la pantalla.

–¿Quién sabe?

–Ya. O sea que tendremos que centrarnos en el control de daños.

Zach asintió.

–Por lo menos, si te da otro infarto estás en el lugar adecuado –contestó con sorna–. Bueno, y ahora espero que me digas por qué me mandaste a un cementerio de Londres a acosar a una desconocida.

–A acosarla no, a que le hicieras una foto.

Aquella corrección hizo a Zach esbozar una media sonrisa.

–Claro, hay una gran diferencia. Por cierto, siento curiosidad: ¿se te pasó por la cabeza que podría haberte dicho que no?

El día que Alekis lo había llamado para pedirle aquel favor tan poco común, él estaba en Londres para dar una charla en un prestigioso congreso financiero internacional.

–¡¿Que quieres que vaya dónde y que haga qué?! –le había espetado, sin dar crédito a sus oídos.

–Ya me has oído –le había respondido Alekis–. Tú dale la dirección de la iglesia a tu chófer. El cementerio está enfrente. Sobre las cuatro y media llegará una mujer joven. Solo quiero que le hagas una foto.

Antes de tenderle el móvil al anciano, Zach le aconsejó:

–Intenta que esta vez no te dé otro infarto.

–No me dio un infarto porque estuviera esperando a que me mandaras esa foto, sino por setenta y cinco años de excesos, según los médicos, que dicen que ya debería estar bajo tierra desde hace unos cuantos. También dicen que si, quiero durar aunque sea otra semana, debería privarme de todo lo que le da sentido a la vida.

—Estoy seguro de que te lo dijeron con mucho más tacto.

—No necesito que me traten como a un niño —protestó Alekis.

Zach le dio el móvil y el anciano se quedó mirando la pantalla.

—Es preciosa, ¿verdad? —murmuró.

A Zach no le pareció que hiciera falta que respondiera a eso. La belleza de la joven a la que había fotografiado era innegable. De hecho, lo preocupaba la fascinación, que rozaba la obsesión, que había despertado en él. No podía dejar de pensar en aquel rostro. Pero se había dado cuenta de que no era ese rostro, ni aquellos ojos ambarinos lo que lo fascinaban, sino el desconocer su identidad, el misterio que envolvía todo aquel asunto.

—Siempre estoy dispuesto a echarle una mano a un amigo cuando lo necesite —le dijo a Alekis—. Pero supongo que para haberme pedido ese favor será porque has perdido toda tu fortuna y no podías contratar a un investigador privado que se ocupara de esto —apuntó con sorna—. Por cierto, ¿cómo sabías que iría allí a las cuatro y media?

Alekis alzó la vista y lo miró como si le irritara una pregunta tan obvia.

—Porque hice que la siguieran durante dos semanas —contestó—. Y tenía mis razones para no querer encargarle esto a otra persona. De hecho, el tipo al que había contratado resultó ser un idiota.

—¿El que hiciste que la siguiera?

—Sí, era un inepto. Hizo unas cuantas fotografías,

la mayoría con ella de espaldas o de farolas de la calle. ¿Y crees que se le ocurrió hacérselas con disimulo o desde un escondite? No. Ella se dio cuenta y lo amenazó con denunciarlo por acoso. Y hasta le hizo una foto con el móvil y le golpeó con una bolsa que llevaba –masculló Alekis–. ¿Te vio a ti?

–No. De hecho, estoy pensando en dedicarme a esto del espionaje. Aunque no tenía ni idea de que se trataba de una misión de riesgo. Y dime, ¿quién es esa damisela tan peligrosa?

–Mi nieta.

Zach dio un respingo y lo miró de hito en hito. ¡Eso sí que no se lo había esperado!

–Su madre también era preciosa… –murmuró el anciano, ajeno a su reacción, levantando el móvil con su mano temblorosa para ver la foto mejor–. Yo diría que sus labios son como los de Mia –alzó la vista hacia Zach–. ¿Sabías que tuve una hija?

Zach asintió en silencio. Había leído en los periódicos historias sobre «la hija rebelde de Alekis Azaria». Se decía que se había juntado con malas compañías, y que había caído en las drogas, pero no se la había vuelto a ver desde que se había casado contra la voluntad de su padre, y se rumoreaba que la había desheredado.

Era la primera vez que Alekis mencionaba que había tenido una hija y que tenía una nieta. De hecho, era la primera vez que le oía hablar de alguien de su familia, de la que no sabía nada, a excepción de que había estado casado, por el retrato de su esposa, fallecida hacía años, que tenía colgado en su mansión.

–Se casó con un perdedor, un tipo llamado Parvati. Creo que se echó en sus brazos para molestarme

–murmuró Alekis–. Le advertí que era un inútil y un vago, pero ¿crees que me escuchó? No. Y cuando se quedó embarazada la dejó tirada. Habría bastado con que me pidiera… –sacudió la cabeza, visiblemente cansado tras ese arrebato emocional–. Siempre fue una cabezota…

–Vamos, que de tal palo, tal astilla –observó Zach.

El anciano lo miró con el ceño fruncido, pero el enfurruñamiento se disipó y dio paso a una pequeña sonrisa de orgullo.

–Sí, Mia era todo un carácter –murmuró.

Hasta entonces, Zach había creído que Alekis no tenía familia, igual que él, y era una de las cosas que lo habían unido a él. Pero ahora resultaba que sí la tenía, y daba por hecho que querría conocer a su nieta y que formara parte de su vida. Si le hubiera pedido su opinión, él le habría dicho que no era buena idea, pero Alekis no le había pedido su opinión, ni lo habría escuchado. Claro que, si a él le hubiesen dicho que volver a conectar con su pasado solo le dejaría recuerdos amargos que no lo reconfortarían ni le aportarían respuestas, él tampoco habría escuchado.

–Supongo que podría haber sido yo quien diera el primer paso –añadió Alekis–. Estuve esperando a que lo diera Mia, pero ella nunca…

Se pasó el dorso de la mano por los ojos y, cuando la dejó caer, Zach hizo como que no se había dado cuenta de que tenía húmedas las mejillas. Lo cierto era que le incomodaba ver presa de las emociones, y tan vulnerable, a aquel hombre al que siempre había considerado reservado y nada sentimental. Quizá el verse al borde de la muerte tenía ese efecto en las personas.

–Me imagino que todo el mundo tiene algo de lo que se arrepiente –murmuró.

–¿Hay algo de lo que tú te arrepientas? –inquirió Alekis.

Zach enarcó las cejas y sopesó la pregunta.

–Todos cometemos errores –respondió. Estaba acordándose de su abuela, con la mirada vacía, fija en la ventana, la última vez que la había visitado en el asilo–. Pero yo no cometo el mismo error dos veces.

Solo un idiota, o alguien que estaba enamorado, tropezaba dos veces en la misma piedra. Y en su opinión enamorarse lo volvía a uno idiota. No podía imaginarse permitiendo que su corazón, o cuando menos sus hormonas, mandasen en su cerebro. Y no era que llevase una vida de celibato; el sexo era necesario y bueno para la salud, pero jamás dejaba que en sus relaciones se mezclase con los sentimientos. Aunque aquello le había acarreado una reputación de «insensible», podía vivir con ello. En cambio… ¿vivir el resto de su vida con la misma mujer? ¡Ni hablar!

–Pues yo sí me arrepiento de algunas cosas, pero ese arrepentimiento no sirve para nada –dijo Alekis en un tono más firme–. Lo que quiero es enmendar mis errores. Y por eso pienso legarle todo a mi nieta. Perdona si pensabas que iba a dejarte a ti mi fortuna.

–No necesito tu dinero.

–Tú y tu condenado orgullo… –murmuró Alekis–. Si me hubieras dejado ayudarte, habrías llegado antes a la cima. O cuando menos sin tener que esforzarte tanto.

–Eso le habría quitado toda la gracia. Además, sí que me ayudaste; me diste una educación y buenos consejos –replicó Zach.

Estaba hablando en un tono desenfadado, pero era consciente de lo mucho que le debía a Alekis, y el viejo magnate naviero también.

—Y eso desde luego no tiene precio, ¿no? —apuntó el anciano.

Zach esbozó una sonrisa.

—Me alegra verte bien, pero ese chantaje emocional es innecesario —le dijo—. ¿Qué es lo que quieres que haga?

—Que me la traigas. ¿Lo harás?

Zach enarcó las cejas.

—Cuando dices que te la «traiga»… me imagino que no estamos hablando de un secuestro.

—Confío en que no haga falta llegar a eso.

—No me estaba ofreciendo a hacerlo —respondió Zach con sorna—. Bueno, ¿y cómo se llama?

—Katina —dijo Alekis—. Solo es griega de nombre. Nació en Inglaterra. Su historia es… —bajó la vista, como avergonzado—. Lleva sola mucho tiempo. Y creo que aún piensa que no tiene a nadie en el mundo. Tengo intención de compensarla por lo mal que lo ha pasado, pero me preocupa un poco que sea un shock demasiado fuerte para…

—Seguro que lo llevará bien —lo tranquilizó Zach, reprimiendo la respuesta cínica que había saltado a su mente.

Cualquiera que descubriera que iba a convertirse de la noche a la mañana en una persona inmensamente rica, se repondría bastante rápido.

—Quiero decir que para ella será un cambio muy grande. Está a punto de convertirse en mi heredera, y en el objetivo de las malas lenguas y los cazafortunas. Habrá que protegerla…

—Por lo que me has contado, parece que es bastante capaz de protegerse sola —apuntó Zach con sorna.

—Bueno, sí, es evidente que tiene agallas, pero hay que enseñarle cómo funcionan las cosas en nuestro mundo —continuó el anciano—. Y yo estoy aquí atrapado, así que…

Zach, que estaba preocupándose por el rumbo que estaban tomando sus palabras, se apresuró a interrumpirlo.

—Me encantaría ayudar, pero es que me suena a que eso requeriría una buena parte de mi tiempo.

Su mentor exhaló un profundo suspiro, que hizo que Zach apretara los dientes, y esbozó una sonrisa que era la combinación perfecta de comprensión y tristeza.

—Es verdad. Y tienes todo el derecho a negarte —murmuró con otro suspiro—. No me debes nada. No quiero que te vayas de aquí pensando que te he llamado para cobrarme un favor ni nada de eso. Ya me las arreglaré cuando me den el alta…

Le estaba haciendo un chantaje emocional, pero sabía que no podía seguir negándose. No después de lo que había hecho por él. La primera lección que uno aprendía cuando vivía en la calle era a pensar antes que nada en sí mismo. La segunda, a no meterse en problemas. Sin embargo, Zach detestaba a los matones, y el día que había visto a unos pandilleros rodear a un viejo tonto que se negaba a darles la cartera, se había puesto tan furioso que se había lanzado contra ellos sin pensarlo. Le había salvado la vida a Alekis, pero este le había dado a él una nueva vida a partir de ese día, sacándolo de las calles, y nunca le había pedido nada a cambio.

Miró al anciano con expresión resignada, y el rostro de este se iluminó de satisfacción cuando le respondió:

—Está bien, te ayudaré.

—¿Seguro que no te importa?

—No tientes a la suerte —gruñó Zach, entre exasperado y divertido por lo hábilmente que lo había manipulado.

—Cuando esto salga a la luz será esencial controlar el flujo de información —lo instruyó Alekis—. Sé que puedo confiar en ti para que te ocupes de eso. Los medios de comunicación se abalanzarán sobre ella como buitres. Debemos estar preparados. Y ella debe estar preparada —añadió—. ¿Será posible? ¡Déjeme en paz y váyase!

Esas increpaciones iban dirigidas a la enfermera que acababa de volver a entrar. La mujer, sin embargo, no se dejaba amilanar.

—Lo dejo en sus manos —le dijo Zach levantándose—. Buena suerte —y volviéndose hacia Alekis, le dijo a él—: Mándame un e-mail con los detalles que sean necesarios; yo me encargaré del resto. Y entretanto, descansa un poco.

Kat se levantó de la silla, dio vueltas por su pequeño despacho, haciendo un baile de la victoria, y volvió a leer la carta, nerviosa, por si la hubiera malinterpretado, lo cual sería espantoso. La tensión que se había acumulado en sus hombros se disipó cuando llegó al final. No, la había leído bien. Sin embargo, frunció el ceño al caer en la cuenta de que, aunque la citaban para una entrevista al día siguiente en las oficinas del bufete, no decía con quién se iba a entrevistar.

Bueno, pensó encogiéndose de hombros, probablemente sería un representante de una de las personas o empresas a quienes había pedido su apoyo. Sus compañeros menos optimistas pensaban que era perder el tiempo, pero ella esperaba poder conseguir algunas donaciones que impidieran que tuvieran que cerrar cuando les retiraran la subvención del Ayuntamiento el mes próximo.

Llamaron a la puerta, y cuando se entreabrió asomó la cabeza su compañera Sue, unos años mayor que ella.

—¡Ay, madre! —exclamó entrando y cerrando la puerta tras de sí—. Me conozco esa cara.

—¿Qué cara? —inquirió Kat.

—Esa cara tuya que dice que estás preparándote para lanzarte al campo de batalla —le explicó Sue—. Me encanta… a todos nos encanta lo luchadora que eres, Kat, pero hay veces que… —suspiró y se encogió de hombros—. Tienes que ser realista, cariño —le dijo con sinceridad—. Es una causa perdida. Mira, el lunes tengo una entrevista de trabajo. Solo quería avisarte de que necesitaré tomarme la mañana libre.

A Kat se le cayó el alma a los pies y fue incapaz de disimular su sorpresa.

—¿Estás buscando otro empleo?

Si Sue, que era tan optimista como trabajadora, se había dado por vencida… «¿Es que soy la única que no se ha rendido?».

—Desde luego. Y te sugiero que hagas lo mismo. Siempre hay facturas que pagar y en mi caso también bocas que alimentar. A mí también me importa este proyecto y lo sabes.

Kat se sintió avergonzada; no quería que Sue pensara que estaba juzgándola.

—Por supuesto.

¿Cómo podría echarle en cara a Sue, madre soltera de cinco hijos, que estuviera intentando buscarse otro trabajo? Quería darle la buena noticia, pero decidió moderar su entusiasmo. No quería hacer que los demás se hicieran ilusiones si luego no conseguía nada.

—Sé que piensas que estoy loca, pero de verdad creo que hay una posibilidad real de que ahí fuera haya otras personas a quienes les importa lo que hacemos aquí.

Sue sonrió.

—Lo sé. Y espero que la vida nunca destruya ese optimismo tuyo.

—Bueno, hasta ahora no lo ha conseguido —contestó Kat—. Y por lo del lunes tranquila, no pasa nada. Puedes tomarte la mañana libre. Ah, y buena suerte.

Esperó a que Sue se hubiera marchado antes de volver a sentarse tras su escritorio —una mesa coja de una pata, en realidad— y seguir con su trabajo, aunque durante el resto de la jornada le costó concentrarse.

Al volver a casa todavía no sabía muy bien qué se pondría para la entrevista del día siguiente, aunque tampoco tenía demasiadas opciones. No era que no le gustase ir a la moda y comprarse ropa, pero su presupuesto era limitado. Además, en los últimos años había sucumbido más de una vez a comprar varias prendas sofisticadas de las que se había encaprichado pero que en realidad no necesitaba, y las había tenido meses muertas de risa en el armario hasta que se había decidido a donarlas a una tienda de segunda mano.

Por eso ahora en su armario tenía solo lo justo,

cosas prácticas: vaqueros, camisetas, blusas… Bueno, había un vestido azul marino de seda que tal vez… Abrió el armario y acarició la tela, antes de asentir para sí. Era el vestido perfecto para impresionar, de corte clásico pero tan elegante que parecía un vestido de firma. Le costó un poco más encontrar unos zapatos de tacón, que había relegado al fondo del armario, pero cuando los hubo sacado sintió que estaba preparada. Ahora solo le faltaba pensar en un plan de ataque. Si quería convencer a la persona con quien iba a entrevistarse de que hiciese una donación para su causa, tenía que tener a punto todos los números y detalles, y plantar una sonrisa ganadora en su rostro. Lo único que faltaría sería que la persona que iba a recibirla fuese alguien con corazón.

Capítulo 2

CUANDO Zach llegó, estaban esperándolo. En cuanto pasó al vestíbulo del bufete Asquith, Lowe & Urquhart, apareció un «comité de bienvenida». El anciano socio principal –el último descendiente de los Asquith– acompañado de tres subordinados de cierta edad, lo condujo a la sala de reuniones vacía. No se había esperado menos, teniendo en cuenta la cantidad de casos que Alekis proporcionaba al bufete.

–¿Cómo está el señor Azaria? –le dijo el viejo señor Asquith–. Han circulado rumores de que…

–Siempre hay rumores –lo interrumpió Zach, encogiéndose de hombros.

El anciano asintió y, dando por concluidas las formalidades, añadió:

–Bien, póngase cómodo. Yo mismo haré pasar a la señorita Parvati cuando llegue. ¿Quiere que pida que le traigan café?

Zach se desabrochó el botón de la chaqueta, se pasó una mano por la corbata y vio que en el extremo más alejado de la larga mesa había una bandeja con botellines de agua y un par de vasos.

–No, gracias. Con el agua está bien.

El señor Asquith asintió de nuevo con la cabeza y

se dio media vuelta para abandonar la sala, seguido a una distancia respetuosa por sus subordinados.

Cuando se cerró la puerta, Zach miró a su alrededor sin demasiado interés. Fue hasta el otro extremo de la mesa, abrió un botellín, se sirvió agua, y luego se sentó y se puso a mirar en su tableta el archivo que le había mandado la secretaria de Alekis. No era muy largo. Probablemente no era el informe completo del detective privado al que había contratado Alekis, sino una versión abreviada. Tampoco le importaba; no necesitaba detalles desagradables para formarse una opinión de la joven a la que estaba a punto de conocer. Con los que había en aquel documento le bastaba para hacerse una idea de la clase de infancia que había tenido.

Que, al igual que él, no hubiera tenido una infancia fácil, no le hizo sentir que tuviera una conexión especial con ella, como tampoco se sentiría próximo a alguien solo porque tuvieran los ojos del mismo color. Sin embargo, tener eso en común con ella sí hacía que pudiera entenderla mejor que quien no hubiera pasado por algo así. Por eso estaba seguro de que la inocencia que parecía brillar en sus ojos en las fotos que le había hecho no era más que una ilusión. La inocencia era una de las primeras cualidades que se perdían cuando se tenía una infancia como la que ella había tenido.

La habían abandonado y había quedado al cuidado de los Servicios Sociales. No le extrañaba que Alekis pensara que tenía que compensarla por lo que había pasado. Igual que tampoco le sorprendía lo que había hecho la madre. Ya no le chocaba lo bajo que podía llegar a caer el ser humano. En cambio, sí lo sorprendía que Alekis, que probablemente había estado informado del devenir de los acontecimientos de la vida de su hija, no hubiese decidido intervenir entonces. Y ahora quería arreglarlo.

Algunos dirían eso de que nunca es demasiado tarde, pero él no estaba de acuerdo. A veces era demasiado tarde para deshacer el daño infligido a una persona. Suponía que en aquel caso dependía de la magnitud del daño. Lo que estaba fuera de toda duda era que la nieta de Alekis sabía cuidar de sí misma. Era una superviviente, y la admiraba por ello, pero, siendo como era realista, sabía que no se podía sobrevivir a una infancia así a menos que uno hubiera aprendido a anteponer los intereses propios a los de los demás. Era lo que él había hecho.

Frunció el ceño. Le preocupaba que Alekis, que normalmente habría sido el primero en darse cuenta de aquello, parecía que había cerrado los ojos a la realidad. Era como si, porque fuera su nieta, estuviese anteponiendo los sentimientos a los hechos, y la cuestión era que era imposible que, con lo que había pasado aquella joven, pudiera encajar en su mundo sin convertirse en un imán que atrajese todo tipo de escándalos.

Zach sabía que uno no escapaba de esa clase de pasado, sino que lo llevaba consigo y continuaba mirando primero y por encima de todo por sus propios intereses. ¿Cuándo había sido la última vez que él había antepuesto las necesidades de otra persona a las suyas? Ya ni se acordaba, pero admitir eso para sus adentros tampoco le generaba remordimientos. Uno no se convertía en un superviviente sin dar prioridad a sus intereses.

Y él era un superviviente. Además, en su opinión era preferible que lo considerasen a uno egoísta a que lo tratasen como a una víctima. De hecho, en vez de estar resentido por el pasado, agradecía que aquellas experiencias amargas lo hubiesen curtido. Si no, no podría disfrutar del éxito que tenía actualmente.

Cerró la aplicación, apagó la tableta y la dejó a un lado. Quizá estuviese viéndolo desde un ángulo demasiado negativo. Quizá se llevaría una agradable sorpresa. A menos que Alekis se lo hubiese ocultado, parecía que su nieta no había tenido ningún roce con la justicia. También podía ser que, de haber incurrido en alguna actividad delictiva, hubiese conseguido que pasase desapercibida, pero parecía que durante todo ese tiempo había sido capaz de mantenerse por sus propios medios y conservar su empleo. Quizá abandonarla era lo mejor que su madre había podido hacer por ella.

Llamaron a la puerta y Asquith entró en la sala de juntas acompañado de la nieta de Alekis. Aquella no era la criatura feérica del cementerio, ni una mujer prematuramente endurecida por las experiencias que había vivido, sino probablemente el ser más bello que jamás habían contemplado sus ojos.

Durante unos segundos, Zach se quedó paralizado, como si su sistema nervioso hubiera sufrido un cortocircuito, y cuando se recuperó un fuego incontrolable abrasó todo su cuerpo. El elegante, aunque sencillo, vestido que llevaba parecía caro, pero con su esbelta y femenina figura habría estado igual de impresionante con unos vaqueros y una camiseta.

Como estaba escuchando lo que le estaba diciendo el señor Asquith, tuvo ocasión de mirarla con detenimiento. Sus facciones, vista así, de perfil, eran definidas y delicadas. Llevaba el largo cabello oscuro recogido en una coleta, que le caía, como si fuera de seda, casi hasta la cintura. En las fotos que le había hecho con el móvil parecía más oscuro, pero ahora veía que era de un cálido tono castaño.

Su cuello era esbelto como el de un cisne, y esa misma gracia se replicaba en las suaves curvas de su cuerpo. El vestido dejaba los brazos al descubierto, y solo cubría hasta la mitad del muslo las torneadas piernas, que resaltaban los zapatos de tacón de aguja que llevaba.

—Bien, pues les dejo —le dijo Asquith.

—¿Se marcha? —murmuró ella enarcando las cejas.

Zach se fijó en lo musical y suave que era su voz, y entonces ocurrió lo que había estado esperando: giró la cabeza. Sí, sus ojos eran tan bellos como en las fotografías, con ese color ámbar intenso, y esa forma almendrada que le daba a su rostro un toque exótico.

Al entrar, Kat había visto por el rabillo del ojo al hombre que se hallaba sentado a la cabecera de la larga mesa, pero por no ser descortés con el señor Asquith, que le estaba hablando, hasta ese momento había reprimido su curiosidad y no se había vuelto para mirarlo.

Al girar ella la cabeza, el hombre se levantó. En lo primero que se había fijado al ser recibida por el anciano señor Asquith había sido en su traje a medida, su voz engolada y su corbata anticuada. Aquel otro hombre también iba impecablemente vestido, solo que la corbata que llevaba era acorde a la moda: estrecha, de seda y oscura, en contraste con la camisa, que era de un tono claro. Pero lo que le impactó de él fue la virilidad que emanaba y que la golpeó con la fuerza de un ciclón. De repente la sala parecía haber encogido, y experimentó tal sensación de claustrofobia que se apoderó de ella el impulso de suplicarle al señor Asquith que no se marchara.

«Vamos, Kat, no eres una cobarde, ni te das por vencida fácilmente», se dijo. Las apariencias a menudo eran engañosas. Al principio la habían repelido el aspecto de ricachón y la voz engolada del señor Asquith, pero ahora, en contraste con ese otro hombre, le parecía hasta agradable. Quizá pasados unos minutos aquel misterioso desconocido también se lo parecería. O quizá no, pensó mirándolo de arriba abajo. Había algo inquietante en él, algo que la abrumaba, como los andares, casi felinos, con que avanzó hacia ellos.

–Gracias, señor Asquith; no le quitaremos más tiempo –le dijo al anciano, deteniéndose a unos pasos, junto a la mesa.

El señor Asquith se despidió con un breve asentimiento y se marchó, cerrando tras de sí.

Kat tragó saliva y, aunque parecía que el corazón fuera a salírsele del pecho, esbozó una sonrisa lo más profesional posible, que pretendía ser agradable, pero impersonal, y lo saludó.

–Buenos días.

Era increíblemente guapo. Tenía unas facciones de una simetría perfecta, como esculpidas, unos labios carnosos y sensuales, y unos ojos oscuros inescrutables.

–Buenos días –contestó él en un tono seco, sin molestarse en corresponder a su sonrisa.

Sin decir nada más, el tipo se dio media vuelta para dirigirse al otro extremo de la mesa. Kat supuso que esperaba que lo siguiera, pero cuando ya estaban llegando tuvo la mala suerte de que tropezó con la pata de una silla mal colocada.

—¡Ay, Dios! —masculló.

Y no por el golpe que se había dado en la rodilla, sino porque los folios que llevaba en la carpeta se habían desparramado por el suelo.

—Perdón —farfulló azorada, agachándose para recogerlos y volver a guardarlos como pudo.

Estaba incorporándose, cuando volvió a abrírsele la carpeta y comenzaron a caérsele de nuevo los papeles. Maldijo para sus adentros, y tuvo que morderse la lengua para no soltar una palabrota.

Mientras se afanaba en recoger de nuevo los papeles, Zach no pudo evitar fijarse, por la postura en la que estaba, en cómo se había tensado la tela del vestido, resaltando su bonito trasero, y sintió una ráfaga de calor en el vientre. No recordaba cuándo había sido la última vez que el deseo le había nublado la mente de esa manera. Si Alekis pudiera leerle el pensamiento en ese momento, estaría teniendo serias dudas sobre el papel de protector y mentor de su nieta que le había encomendado.

Cuando la joven se hubo incorporado de nuevo y hubo guardado los papeles, le indicó una silla con un ademán.

—Siéntate, Katina.

A Kat la desconcertó un poco que la tuteara. Estaba a favor de un trato igualitario e informal, pero la verdad era que hubiera preferido que se hablasen de usted y la llamase «señorita Parvati». Porque no era solo que sintiese la necesidad de mantener las distancias con aquel hombre en un sentido físico. Era como si sus ojos oscuros la perforaran hasta el alma cuando se posaban en ella.

–Gra-gracias –balbució, tomando asiento–. Si no le… si no te importa, prefiero «Kat».

Se obligó a ignorar sus turbadores labios y esos ojos inquisidores. Había ido allí a pedir que financiaran su proyecto, para intentar salvar El Refugio. Tenía que centrarse en eso.

Su interlocutor se sentó también.

–¿Agua? –le ofreció, levantando un botellín abierto.

Kat reprimió el impulso de preguntarle si no tenía algo más fuerte y sacudió la cabeza.

–No, gracias –respondió. Se aclaró la garganta y añadió–: Me imagino que tendrá… que tendrás un montón de preguntas.

Él enarcó las cejas.

–Yo pensaba que serías tú quien tendría un montón de preguntas.

Kat lo miró contrariada.

–Bueno, quizá debería empezar por preguntar tu nombre.

Se le hacía muy extraño tutear a un perfecto desconocido. La expresión de él no varió ni un ápice, pero al verlo entornar los ojos tuvo la sensación de que no se esperaba esa pregunta. Inspiró profundamente.

–En realidad, no nos importa a quién representes –le dijo–. Y cuando digo que no nos importa no me refiero a que… Quiero decir que nunca aceptaríamos nada de una… de una fuente ilegítima, obviamente.

–Obviamente –dijo Zach, comprendiendo de repente.

Katina Parvati no estaba preguntándose por qué estaba allí… porque creía que lo sabía.

–Y no estoy diciendo que parezcas un delincuente ni nada de eso –se apresuró a añadir ella.

Las comisuras de los labios de Zach se curvaron brevemente.

–¿Quieres que te muestre un certificado de antecedentes penales?

Kat hizo caso omiso de esa respuesta sarcástica.

–Lo que quería decir es que, ya solo con que estés dispuesto a plantearte contribuir a nuestra causa, te estamos muy agradecidos –puntualizó.

–¿«Nuestra»?

Kat se sonrojó.

–Nuestra causa –repitió, levantando la carpeta para señalarle el logotipo–: El Refugio, un proyecto para ayudar a mujeres maltratadas. Lady Laura Hinsdale lo fundó en los años sesenta, cuando no disponíamos más que de una casa. El proyecto estaba en pañales.

–¿Y ahora?

–Pues hemos ido adquiriendo otras viviendas a ambos lados de esa primera de la que disponíamos, y ahora podemos alojar a treinta y cinco mujeres, dependiendo obviamente del número de niños que tengan. En los ochenta se puso a la venta un edificio en el otro lado de la calle y también lo compramos. Ahora alberga la guardería y un centro de acogida que proporciona ayuda legal y demás. Lady Laura se implicó mucho en el proyecto hasta el día de su muerte.

Si su madre hubiese encontrado una organización como El Refugio a la que acudir, la vida de ambas podría haber sido muy distinta.

Zach vio cómo una sombra de tristeza cruzaba su

expresivo rostro. Tal vez fuera algo cruel continuar con aquella farsa, pero así podía tantear mejor el carácter de aquella joven a la que iba a servir de «niñera».

—¿Y qué papel desempeñas tú? —le preguntó.

Ella frunció el ceño, pero sus ojos refulgían de convicción y determinación cuando se inclinó hacia delante, perdiendo su nerviosismo, y le contestó con orgullo:

—Dirijo el proyecto, junto con un equipo estupendo, muchos de ellos voluntarios, como lo era yo en un principio. De hecho, empecé a colaborar como voluntaria en la guardería cuando aún estaba en el instituto, y cuando terminé mis estudios me ofrecieron un puesto remunerado. Creo que lady Laura se sentiría orgullosa de todo lo que hemos conseguido —murmuró. Ella la había conocido, y aunque para entonces ya había estado muy frágil de salud, seguía teniendo la cabeza en su sitio y la pasión que mostraba resultaba tremendamente inspiradora—. Su legado perdura —añadió, y tuvo que tragar saliva porque se le había hecho un nudo en la garganta—. Todo el personal que tenemos está muy comprometido, y como he dicho tenemos muchos voluntarios. Somos parte de la comunidad de mujeres a la que atendemos y no le damos la espalda a nadie.

—Pues si es así debe de seros difícil ajustaros a un presupuesto.

—Procuramos ser flexibles.

A Zach lo admiró que, a pesar del entusiasmo que transmitían sus brillantes ojos, no fuera tan ingenua como para no saber esquivar una pregunta difícil.

—¿Y os salen las cuentas?

—Bueno, ahora mismo estamos pasando por un

momento un poco difícil porque con la crisis económica el Ayuntamiento nos ha retirado la subvención que nos daban anualmente y…

　¿Cuánto necesitáis?

La nota de frío cinismo de su voz hizo parpadear a Kat, que se apresuró a asegurarle:

–Por favor, no pienses que esperamos que cubras la cantidad total que nos falta.

–Si así es como negocias, debo decirte que esa táctica no es muy buena. Más bien al contrario, es pésima.

Las facciones de Kat se tensaron y se puso a la defensiva.

–He venido aquí pensando que querías contribuir a nuestra causa –le espetó, plantando las manos encima de la mesa e inclinándose hacia delante–. Mira, si es por mí… Hay otras personas que podrían desempeñar mi trabajo; lo importante es la labor que hacemos.

–¿Crees que todo gira en torno a ti?

A Kat se le subieron los colores a la cara.

–Por supuesto que no. Lo que pasa es que me ha parecido que… que no consideras que sea lo bastante…

–¿Estás diciendo que te sacrificarías para salvar el proyecto?

Kat tragó saliva, preguntándose si era esa la condición que le iba a poner. Naturalmente era un precio que estaba dispuesta a pagar, pero solo como último recurso. «¿Pero en qué estás pensando? Arrástrate y suplícale si eso es lo que quiere», se reprendió. Suspiró, y consiguió esbozar algo parecido a una sonrisa.

–No te caigo bien, ¿eh? Está bien, no pasa nada.

«Tú a mí tampoco me caes bien».

Zach vio el conflicto interior reflejado en su rostro.

No se le daría nada bien jugar al póquer. Se había quedado callada, como dándole la oportunidad para que negara su afirmación, pero él no lo hizo.

–Sea como sea, por favor, no dejes que eso influya en tu decisión –le pidió–. No sería difícil encontrar a alguien que me reemplazara, pero nuestros empleados están muy volcados en su labor y trabajan con ahínco cada día.

Mientras aguardaba su respuesta, Kat escrutó su rostro, buscando en él algún atisbo de que estuviera ablandándose, pero no halló ninguno. Levantó la barbilla; parecía que no tenía nada que perder. Abrió su carpeta, pero se había olvidado de que al caérsele las hojas y guardarlas apresuradamente se habían quedado desordenadas las páginas.

–Tengo aquí todos los datos, y las cifras. Las mujeres a las que acogemos suelen quedarse con nosotros una media de… –murmuró, intentando encontrar la hoja–. Bueno, es igual. La cuestión es que cada caso es distinto y tratamos de adaptarnos a las necesidades de cada mujer. De hecho, mi segunda al mando fue una de las mujeres que atendimos años atrás. Tenía una relación tóxica de pareja y…

–¿Él la maltrataba?

No había hecho falta que llegara a eso. Aquel canalla había aislado a Sue, separándola de su familia y sus amigos, y había llegado a controlar cada aspecto de su vida antes de que ella se decidiera finalmente a dejarlo. Durante el tiempo que había estado con él ni siquiera había sido capaz de pensar por sí misma.

–No, pero el maltrato no siempre es físico. También hay maltrato emocional –contestó–. Pero ahora trabaja con nosotros y es una madre fantástica. Nuestro proyecto ha ayudado a muchas mujeres y queremos seguir haciéndolo, pero nuestra situación económica no es demasiado boyante y...

Su interlocutor levantó una mano para cortarla.

—Estoy seguro de que es una causa muy digna, pero no es ese el motivo de esta entrevista.

—No comprendo...

—Nunca había oído hablar de ese proyecto, ni de esa tal lady Laura.

Cuando Kat asimiló lo que le estaba diciendo, su irritación se transformó en ira.

—Entonces, ¿qué diablos hago aquí?

Zach se permitió el capricho de admirar un momento la belleza salvaje de sus ojos ambarinos, que relampagueaban y lo miraban con desprecio.

—Estoy aquí en representación de Alekis Azaria.

A Kat el nombre le sonaba de algo, pero no sabía de qué. Se inclinó hacia delante y arqueando una ceja inquirió:

—¿Azaria? ¿Es de Grecia?

Él asintió. Por sorprendente que fuera, estaba claro que no tenía ni idea de quién era.

—Como tú.

Kat frunció el ceño.

—¿Lo dices por mi nombre? Bueno, sí, tengo sangre griega por parte de madre, pero nunca he estado allí. ¿Tú también? —balbució, intentando encontrar alguna explicación a aquello.

—Sí, yo también soy griego.

—¿Y por qué me ha hecho venir aquí ese señor, del que nunca había oído hablar? —inquirió Kat. Nada de aquello tenía sentido—. ¿Quién es?

Capítulo 3

ES TU ABUELO.

Zach vio a Kat fruncir el ceño y parpadear confundida.

–Yo no tengo familia –dijo con expresión ausente, en un tono monocorde–. No tengo a nadie, así que es imposible que tenga un abuelo.

Zach ignoró la incómoda punzada de compasión que sintió y se centró en los hechos. Uno siempre se podía fiar más de los hechos que de los sentimientos.

–Todos tenemos abuelos, por parte de madre y por parte de padre, incluso yo.

En otras circunstancias, Kat le habría preguntado qué quería decir con eso de «incluso yo», pero estaba demasiado aturdida.

–Ni siquiera sé quién es mi padre –murmuró–, aparte de un nombre en mi certificado de nacimiento.

Nunca se le había pasado por la cabeza buscar a aquel hombre que para ella no era más que el tipo que había abandonado a su madre, que estaba embarazada. En cambio, sí se había decidido a buscar a su madre, y no era algo que hubiese hecho a la ligera, pero había resultado que había llegado cinco años tarde.

–Además, ¿por qué iba a querer tener contacto alguno con la familia de mi padre? –añadió.

Zach entornó los ojos. En el informe del detective

apenas se hablaba de ese hombre con el que Mia Azaria se había casado, en contra de los deseos de su padre.

—Puede que tenga familia, pero no dispongo de información a ese respecto —contestó.

—No entiendo...

—Vengo en representación de la familia de tu madre, o más bien de su padre. Alekis Azaria es tu abuelo materno.

Kat se quedó en silencio un momento, permitiendo que sus revueltos pensamientos se asentasen.

—Mi madre tenía familia... —murmuró.

De pronto se acordó de las historias que le había contado siendo ella muy pequeña, sobre su infancia en un país bañado por el sol, y se sintió mal por ella, rechazada por los suyos y tan lejos de su tierra natal.

—Tu abuelo te está tendiendo la mano —le dijo él.

Kat sacudió la cabeza e hizo ademán de levantarse, pero tuvo que volver a sentarse porque le temblaban las piernas.

—¿Que me está tendiendo la mano? —murmuró irritada—. Yo no quiero saber nada de él.

Sus ojos se posaron, acusadores, en el apuesto rostro de su interlocutor. Siempre había sabido que había algún motivo para la desconfianza que sentía hacia los hombres demasiado guapos. Algún motivo más allá de los prejuicios, y de aquel incidente, años atrás, en un club nocturno, en que un guaperas le había echado alcohol en el refresco.

—¿Se trata de una broma? —le preguntó.

—No. Es la verdad. Tu abuelo quiere conocerte.

—¿Es rico?

Por el modo en que lo había preguntado, a Zach le

dio la impresión de que si le dijera que sí no se lo tomaría muy bien. No había codicia en su mirada, sino ira. Habría preferido que fuese codicia; todo habría sido mucho más fácil.

—Pobre no es —respondió.

La joven palideció, y apretó los labios temblorosos, como si estuviese esforzándose por mantener la compostura.

—Mi madre… era pobre, muy pobre —murmuró Kat.

No iba a molestarse siquiera en intentar describirle la miserable existencia a la que su madre se había visto abocada por culpa de las drogas y los hombres que se las habían proporcionado. Alguien como él no podría alcanzar siquiera a comprender esa clase de vida que atrapaba a algunas personas en un infierno de degradación.

—Ya.

Una de las razones por las que raramente hablaba a nadie de las vivencias de su infancia era por cómo reaccionaba la gente. Solía dividirlos en dos categorías: los que la miraban con lástima, y los que parecían sentirse incómodos.

Sin embargo, la respuesta monosilábica de su interlocutor no entraba en ninguna de las dos. Se había limitado a asentir. Y resultaba irónico que una respuesta así, que normalmente habría agradecido, no hizo sino intensificar el antagonismo que sentía hacia él. A cada minuto que pasaba estaba convirtiéndose más y más en la personificación de todo lo que la disgustaba: alguien que había nacido siendo un privilegiado y que no era capaz de mostrar la más mínima empatía.

Y no debería estar juzgándolo cuando ella detestaba que la juzgaran sin conocerla, se reprendió. Irritada consigo misma, inspiró profundamente y, a pesar de sus esfuerzos, no pudo evitar que le temblara la voz de emoción –algo que él sin duda vería como un signo de debilidad– al añadir:

–Mi… «abuelo» ni siquiera intentó ayudar a mi madre –apretó los dientes–. ¿Dónde estaba él cuando su hija lo necesitaba? Si fue tan mal padre, no creo que sea mucho mejor como abuelo, así que… ¿para qué iba a querer conocerlo?

–No lo sé –respondió él. Enarcó una ceja, como sopesando la respuesta a su pregunta, y dijo con sarcasmo–: ¿Tal vez porque es rico?

Ella levantó la barbilla en ese gesto desafiante al que ya estaba empezando a acostumbrarse.

–Así que eres de esas personas que piensan que todo el mundo tiene un precio –dijo Kat con desdén.

–Es la verdad.

Aquellas respuestas lacónicas estaban empezando a ponerla de los nervios.

–Pues yo no soy así –le espetó–. A mí no me interesa el dinero ni… ni… ¡nada de eso!

Él enarcó una ceja, como divertido.

–Esa frase resultaría más creíble si no hubieras venido aquí a pedir «limosna».

Kat sintió que le ardían las mejillas de ira.

–No es lo mismo.

Si tú lo dices…

Kat encontró insultante su escepticismo.

–No he venido a pedir limosna. El dinero no es para mí y no…

–Ya lo sé: lo haces por un bien mayor –la cortó él

en un tono hastiado–. Pues entonces piensa que podrías hacer muchísimo más bien si pudieras disponer
de los recursos que tiene tu abuelo. Ya lo ves: todo el
mundo tiene un precio, hasta tú.

–Eso no es verdad. Y no pretendo decir que sea
mejor que otras personas –le espetó ella, molesta–. Lo
que pasa es que no quiero tener ningún trato con un
hombre que fue capaz de darle la espalda a su hija.

–¿Y si fue ella la que le dio la espalda a él?

Kat le lanzó una mirada feroz al oír aquella suge-
rencia. Claro que, en su defensa, pensó Zach, no le
había parecido descabellado dar por hecho que la idea
de ser inmensamente rica disiparía la ira que sentía
hacia su abuelo.

Además, nunca había sentido una admiración especial por las personas quijotescas, dispuestas a quedarse
en desventaja por sus principios. Y menos aún cuando,
como en ese caso, el que ella se aferrase a esos principios iba a ponerle a él más difíciles las cosas.

Aunque dudaba que a la larga siguiese dispuesta a
rechazar la fortuna que Alekis quería que fuera para
ella. Seguro que antes o después encontraría una excusa para convencerse de que, si la aceptara, no estaría traicionando sus principios. Él solo tenía que ayudarla a llegar un poco más deprisa a esa conclusión.

–Era su padre… –murmuró Kat con voz trémula–.
Los padres se preocupan por sus hijos.

–En un mundo perfecto, sí. Pero el mundo en el
que vivimos no lo es.

Kat apretó los dientes.

–No tiene nada que ver con eso. Se llama «amor
incondicional». Aunque no es que espere que alguien
como tú sepa lo que es eso.

–Y estarías en lo cierto: no lo sé –mintió Zach, ignorando las imágenes que su mente había conjurado de repente. Imágenes del rostro flaco y cansado de su madre, de sus manos encallecidas... Aquellos recuerdos aún le causaban dolor; por eso ya no pensaba en ella. Jamás–. ¿Y tú?

Aquel repentino revés de su interlocutor la hizo ponerse a la defensiva.

–Todos los días veo a mujeres dispuestas a darlo todo por sus hijos –le espetó.

–¿Y eso te ayuda a superar el hecho de que tu madre te abandonara?

Zach ignoró el remordimiento que sintió al verla dar un respingo, como si le hubiese arrojado a la cara un cubo de agua fría. Toda apariencia de fragilidad se esfumó cuando levantó la barbilla y lo miró furibunda.

–Esto no tiene nada que ver con mi madre.

–¿Me estás diciendo que no estás resentida con tu madre por dejarte tirada? La mía me dejó porque murió... y aun así la odié por ello durante mucho tiempo –replicó Zach. Jamás le había confesado aquello a nadie, y lo irritó que la actitud de la joven hubiera sacado a flote esos recuerdos que había relegado a un rincón oscuro de su memoria–. ¿De verdad esperas que crea que nunca te has sentido dolida por que te dejara en la puerta de la casa de unos desconocidos?

–Fue en el aparcamiento de una clínica. Sabía que alguien me ayudaría, que se ocuparían de mí.

A Zach se le hizo un nudo en la garganta al imaginarla de niña, plantada en medio de ese aparcamiento, esperando a su madre, que nunca volvería, y tuvo que hacer un esfuerzo por desterrar esa imagen de su mente.

—Algunas personas no deberían tener niños —dijo en un tono condenatorio.

Hacía mucho tiempo que él había decidido que no los tendría. Un mal padre o una mala madre podían hacer mella en sus hijos, y era mejor no correr ese riesgo.

—Mi madre necesitaba ayuda; no tenía dónde ir y…

—Encuentro algo perversa esa obstinación tuya en verla como una víctima inocente. Fue ella la que se distanció de tu abuelo. Era una adulta, no una chiquilla.

Incapaz de rebatir los hechos del modo en que los había expuesto, Kat le espetó:

—Y si ese supuesto abuelo mío está tan interesado en conocerme y en que forme parte de su vida, ¿por qué no está aquí? ¿Por qué te ha enviado a ti?

—Está en el hospital, en cuidados intensivos.

No era del todo cierto, porque ya lo habían pasado a una habitación, pero la reacción de la joven fue la que había esperado de una persona sensiblera como ella: igual que al pinchar un globo con una aguja, su ira se desinfló y rehuyó su mirada.

—Pues lo siento por él —murmuró con aspereza—, pero no tengo sitio en mi vida para alguien a quien desprecio y…

Zach se recostó en su asiento y se echó a reír.

—¡Pues claro! —exclamó.

—¿Qué es lo que está claro? —inquirió ella.

—Me estaba preguntando a quién me recordabas.

Kat entornó los ojos.

—¿De qué hablas?

—Alguien que no puede perdonar a quien le falla, aunque sea de su familia… y especialmente si es de su familia; alguien que no cumple con su idea de lo que es lo correcto… –Zach enarcó una ceja–. ¿No te recuerda a nadie?

A Kat le llevó unos segundos entender a qué se refería, pero cuando al fin lo comprendió lo miró horrorizada.

–No es verdad. No me parezco en nada a mi abuelo.

–Bueno, algo vamos avanzando: al menos ahora admites que tienes un abuelo. Yo nunca he creído mucho en eso de que se hereda el carácter a través de los genes, pero quizá debería replanteármelo; no conoces a Alckis, pero a tu manera eres tan cabezota y arrogante como él.

–¿Cómo te atreves?

–¡Pero si está clarísimo! –exclamó él–. Tu abuelo no fue capaz de perdonar a tu madre y la perdió. Tú dices que no puedes perdonarlo a él y aun cuando él ha dado el primer paso sigues encabezonada en no darle una oportunidad.

–¿Un paso que ha tardado veinticuatro años en dar? –masculló Kat–. Y no, no me parezco en nada a él.

–Pues demuéstralo.

Kat sabía que estaba retándola a demostrar que el futuro de su proyecto le importaba más que… ¿más que qué?, se preguntó, cayendo en la cuenta de que aún no le había dicho cuál sería su parte del trato.

–¿Qué espera él de mí?

Zach se encogió de hombros.

–Eso deberías preguntárselo a él.

Kat resopló, pero, cuando un pensamiento inesperado cruzó por su mente, abrió mucho los ojos e inquirió:

–¿Tengo algún otro pariente?

La posibilidad de tener más familia –tíos, primos...– se le antojaba extraña, pero también la ilusionaba.

–No, que yo sepa –respondió Zach, sintiéndose culpable, sin saber por qué, al ver cómo se apagó la luz de su mirada–. Pero eso también deberías preguntárselo a tu abuelo. No estoy al tanto de todos sus secretos.

Kat suspiró temblorosa.

–¿Y tiene alguna idea de la clase de vida que llevó mi madre? ¿De los lugares, los hombres que...?

–¿Recuerdas esas cosas?

–Algunas. Y mi madre me contó otras sobre él –murmuró Kat. De pronto se le llenaron los ojos de lágrimas–. Me contó que no nos quería. Y ahora él pretende que... Pero yo no quiero nada con él. No es mi abuelo. No tengo a nadie.

Zach apretó la mandíbula.

–Sé que esto ha sido un shock para ti, pero...

Kat soltó una risa amarga.

–No te haces una idea.

–Mira, yo no me llevo nada con esto; solo soy el mensajero. Tú tomas la decisión que creas conveniente y yo se la transmitiré a tu abuelo.

Kat inspiró profundamente y lo miró a los ojos.

–Está bien, le daré una oportunidad –respondió. «¡Dios!, ¿pero qué estoy haciendo?»–. Pero... si está hospitalizado, no podrá venir aquí... a menos que eso fuera mentira.

A Zach lo alivió saber que no era tan ingenua como parecía. Aunque solo con que fuera la mitad de ingenua de lo que le parecía ya sería preocupante.

–No lo es, está muy enfermo. El plan es que te lleve a Tackyntha haciendo escala en Atenas, donde conocerás a tu abuelo antes de la operación a la que se va a someter.

—¿Tackyntha?

—Es una isla, es donde vive tu abuelo.

—Entonces… ¿iremos a verlo al hospital?

Habría sido la solución obvia, pero Alekis se había obstinado en que no quería que su nieta lo conociera tendido en una cama de hospital. El cardiólogo había transigido, a regañadientes, con el plan de Alekis de ir a recibirlos a su llegada, con la condición de que tendría que acompañarlo un equipo médico.

—No, nos reuniremos con él cuando lleguemos a Atenas.

—¿Trabajas para él?

Zach esbozó una pequeña sonrisa.

—Sí que me lo ofreció, pero no, no trabajo para él.

Kat seguía sin estar muy convencida de aquello.

—No sé, no le veo sentido a esto —murmuró—. ¿Acaso se cree que puede comprar mi cariño? —le espetó, entre triste y enfadada.

—Me temo que no puedo responder a esas cuestiones, no es mi especialidad.

—¿Y cuál es tu especialidad?

—No lo sé, pero sí sé que no es hacer de niñera de una heredera reacia a heredar.

Kat le lanzó una mirada altanera.

—No necesito ninguna niñera, gracias.

—Deja que lo formule de otra manera: tienes que aprender las reglas del círculo social en el que estás a punto de entrar.

—¿Para qué?, ¿para no avergonzar a mi abuelo? —exclamó ella, irritada—. ¿Sabes qué?, ¡al cuerno! No pienso ir. Mi sitio está aquí, me necesitan aquí.

–¿En serio? Creía que habías dicho que no eras irreemplazable. Y que tu segunda de a bordo era muy competente. Seguro que le resultaría mucho más fácil gestionar el proyecto si contara con una financiación estable. Además, aunque no heredarás la fortuna de tu abuelo hasta su muerte, te convertirá en una presa apetecible para los cazafortunas y la prensa del corazón, y ahí es donde entro yo.

–Entonces, ¿qué se supone que vas a ser?, ¿mi niñera, o mi guardaespaldas? –preguntó ella con sorna.

–De momento lo que soy es un hombre al límite de su paciencia –respondió él irritado–. Mira, estas son las opciones que tienes: o dejamos las cosas como están, o me das el número de cuenta de El Refugio para que ordene que se haga una transferencia bancaria en nombre de tu abuelo. Pero para lo segundo tendrás que ir a conocer a un anciano moribundo.

–¿Y a quién le habría dejado su fortuna si no hubiera decidido buscarme para compensar su ausencia durante casi un cuarto de siglo?

–Pues a mí, supongo. Pero no te preocupes, no la necesito.

Vaya, pensó Kat, eso explicaba su arrogancia y los aires de importancia que se daba.

–Si voy a ir a Grecia contigo, necesito contar con ciertas garantías –le dijo–. Para empezar, necesito saber que el futuro de El Refugio está asegurado.

–¿No te basta con mi palabra?

Su tono altivo hizo a Kat mirarlo con los ojos entornados.

–No. Lo quiero por escrito, para que mi abogado pueda revisarlo.

No tenía un abogado, pero su amigo Mike, que

colaboraba en El Refugio, era abogado, y sonaba más profesional «mi abogado» que «mi amigo Mike, al que le gustaría que fuéramos más que amigos».

–De acuerdo –dijo él–. Al final del día tendrás los papeles.

–Y también necesito asegurarme de que podré volver cuando quiera.

–Dos meses.

–¿Cómo?

–Le concederás a tu abuelo dos meses para que podáis conoceros. Es lo justo, ¿no te parece?

Nada de aquello le parecía justo a Kat, pero asintió.

–Está bien, dos meses –dijo. Iba a levantarse, pero recordó algo–. Todavía no sé cómo te llamas.

–Busca en Internet «Zach Gavros» y averiguarás todo lo que necesitas saber sobre mí. Y hasta puede que algo de lo que leas sea verdad.

Capítulo 4

ALGUIEN le había servido a Kat un vaso de vino, un vino barato en envase de cartón que estaba segura que el altivo Zach Gavros habría desdeñado. Todavía tenía el vaso en la mano cuando se escabulló de la sala donde los demás seguían festejando, y regresó al relativo silencio de su despacho. Aunque ya no era su despacho.

Hacía un rato se había despedido de todos con un nudo en la garganta, haciendo un esfuerzo por no llorar y recordándose que, salvo Sue y Mike, nadie sabía que no iba a volver, que no era un «hasta luego», sino un «adiós».

Quizá a su regreso de Grecia, dentro de dos meses, podría retomar su vida normal, pero no le parecía justo pedirle a Sue, a quien iba a dejar a cargo de El Refugio, que le devolviese su puesto, así que había decidido renunciar a él de forma definitiva. Y eso no le había dejado otra opción más que decírselo a Sue, puesto que iba a ponerla al timón.

No le había sido tan fácil como había pensado que sería. Mientras intentaba convencer a Sue de que era perfecta para el puesto y que todo iría bien, para sus adentros no podía evitar sentir cierta desazón. Probablemente a cualquiera le gustaba considerarse indispensable, que dejaría un vacío, que lo echarían de menos, pero era deprimente darse cuenta de lo fácil que era de reemplazar.

En el umbral de la puerta, que no había cerrado, apareció Sue.

–¿Qué haces aquí? Deberías volver a la fiesta –le dijo Kat en un suave tono de reproche.

–No podía dejar que te fueras sin un último abrazo –repuso Sue, entornando la puerta y yendo hacia ella.

Kat notó que se le llenaban los ojos de lágrimas y parpadeó para contenerlas, antes de dejar el vaso medio lleno junto a un montón de libros sobre un archivador.

–Bonitas fotos –murmuró, al ver las fotografías enmarcadas de los hijos de Sue que esta había colocado sobre la que ahora era su mesa.

Sue la miró azorada.

–Espero que no te moleste que las haya puesto ahí.

–Pues claro que no –replicó ella, sintiéndose algo culpable porque sí le había molestado, un poco.

–Entonces, ¿cuándo quieres que les diga a los demás que no vas a volver de ese «curso de gestión y administración»? –le preguntó Sue.

Su amiga no acababa de entender que quisiera mantener la verdad en secreto, y Kat tampoco había sabido explicárselo muy bien. Era difícil hablar a otras personas sobre algo que a ella misma aún le parecía irreal. Además, temía que la miraran como Sue la había mirado en un primer momento, como si de pronto se hubiese convertido en otra persona.

Y eso era algo que no iba a ocurrir. Pasara lo que pasara, seguiría siendo fiel a sí misma. Si su abuelo o Zach Gavros creían que podían moldearla y transfor-

marla en una persona distinta, estaban muy equivoca-
dos.

Por supuesto, había sucumbido a la tentación de
buscar información en Internet sobre Zach, el hombre
al que su abuelo había escogido para enseñarle los
usos y costumbres de la gente de dinero, y había encontrado docenas de artículos sobre él, aunque con
importantes lagunas.

Su pasado parecía ser un misterio, lo que había
disparado distintas teorías disparatadas. Una de sus
favoritas era que había tenido tratos con el mundo del
hampa. Otra aseguraba que era hijo ilegítimo de Alekis, lo que a ella la convertiría en su... No, era imposible, se había dicho, convencida de que no podía haber ningún parentesco de consanguineidad entre ellos.

Los artículos sobre él hablaban de su habilidad
para las finanzas, de su fortuna, de los caros coches
que conducía, y de las bellas mujeres a las que les
había roto el corazón.

—Eso depende de ti. Ahora la jefa eres tú —le dijo a
Sue con una sonrisa.

Esta bajó la vista a su maleta.

—Una maleta muy pequeña para una nueva vida
—comentó.

—Justo lo que yo estaba pensando —dijo una voz
masculina a sus espaldas.

Las dos se volvieron. Era Mike. Un poco más alto
que la media, rubio y bastante atractivo, se había dejado barba, una barba cuidada y bien recortada que le
hacía parecer menos joven, y le ayudaba a dar ante sus
clientes la apariencia de un abogado con experiencia.

—Perdonad —les dijo—. He llamado, pero supongo
que no me habéis oído. ¿Llego pronto?

–En el momento preciso –le aseguró Kat–. Y respecto a mi maleta… siempre viajo ligera de equipaje –les dijo.

No le pareció buena idea explicarles que era una secuela de su infancia, cuando durante años había estado convencida de que su madre, que la había dejado sentada en el muro de un aparcamiento, volvería a por ella. Tal había sido su fe en que lo haría, que había adoptado la costumbre de tener su pequeña maleta debajo de la cama, preparada con su ropa, para el día en que llegara para recogerla y llevarla con ella.

Probablemente por eso ninguna de las primeras familias de acogida con las que había estado se había quedado con ella, y el matrimonio que había estado interesado en adoptarla había acabado echándose atrás. «Está bien educada», les había oído decirle a la asistenta social, «pero no es nada cariñosa». Al final, por suerte, le habían encontrado una familia de acogida con la que se había quedado hasta alcanzar la mayoría de edad: una familia muy alegre formada por una pareja maravillosa con varios hijos que no esperaban que ella les mostrara afecto, sino que le habían dado su cariño incondicionalmente, y nunca le habían reprochado que guardara la maleta hecha debajo de la cama.

–Sabes que los demás se sentirán fatal cuando sepan que no pudieron despedirse de ti como habrían querido, ¿no? –le dijo Sue.

Kat sonrió. Durante unos días la echarían de menos, pero la gente acababa olvidando, y así era como debía ser, se recordó, antes de caer en una espiral de autocompasión. Además, a partir de ese momento podría ayudar mucho más a El Refugio, aunque tuviera que ser desde fuera.

–¿Y qué les diré cuando vean que no vuelves?

–Eso te lo dejo a ti. Ahora eres la jefa y tendrás que hacer las cosas a tu manera –le dijo Kat, antes de tomar su maleta–. Ahora este es tu despacho. Hasta podrías comprar ese escritorio que yo no llegué a comprar y deshacerte de esta vieja mesa –añadió–. Nadie sospecha nada, ¿no? –les dijo señalando la puerta con un movimiento de cabeza. Al otro lado seguían la música y las risas.

–Nada de nada –le confirmó Sue.

–Pues será que mentir se me da mejor de lo que pensaba –murmuró Kat.

A nadie le había sorprendido que hubiera aparecido de repente un filántropo que deseaba permanecer en el anonimato, y que estaba dispuesto no solo a aportar el dinero que les faltaba del presupuesto para ese año, sino que también iba a hacer una generosa donación para añadir nuevas infraestructuras a El Refugio con las que siempre habían soñado, además de mandar a Kat a un curso de gestión y administración. ¿Y por qué no habrían de haberse creído aquello? A todo el mundo le gustaban los finales felices.

De hecho, cuando a Sue le había contado toda la verdad, se había dado cuenta de que para la mayoría de la gente lo que le estaba pasando era el equivalente de un final feliz de cuento. Se había convertido en la heredera de un hombre rico y estaba viviendo el sueño que muchos querrían vivir. Solo que ese no era su sueño.

Tal vez el problema fuera que ella nunca había soñado con grandes cosas. De niña nunca había fantaseado con tener mucho dinero y vivir en un palacio, sino con cosas pequeñas, como tener suficiente dinero como para comprar una casita con jardín en la que su madre y ella vivieran cuando volviera a buscarla. En esas fantasías nunca había habido ninguna figura masculina. Su padre las había abandonado antes de que ella naciera, y los hombres que habían pasado después por la vida de su madre… en fin, bastaba con decir que los únicos momentos de paz que recordaba coincidían con aquellos en los que se habían ausentado de la casa por algún motivo.

La única figura masculina que la había hecho sentirse segura había sido su padre de acogida, pero al ver lo destrozada que se había quedado Nell, su esposa, cuando él había muerto de forma inesperada, había llegado a la conclusión de que con los hombres había dos extremos: o que te tocase un bastardo que te maltrataba y te dejaba tirada, o uno al que, como decía su querida Nell, amabas tanto que al perderlo perdías también una parte de ti misma.

Ninguna de las dos opciones sería algo que escogería nadie voluntariamente, aunque suponía que era el enamorarse lo que le arrebataba a una la capacidad de decidir. Decían que el amor era algo maravilloso, pero era algo que ella aún no había experimentado, y tampoco lo echaba en falta. De hecho, había empezado a preguntarse si, de tener una relación, no sería lo mejor que fuese una relación sin amor.

Por ejemplo, elegir por pareja a alguien que el sentido común te decía que era una buena persona en la que podías confiar, como Mike. Resultaba irónico que últimamente hubiese estado planteándose decirle que sí la próxima vez que le pidiera una cita.

—¿Estás segura de lo que vas a hacer? —le preguntó este con cara de preocupación.

—Pues claro que está segura —intervino Sue—: es como un cuento de hadas y ella es la princesa del cuento. Di la verdad, Kat, ¿no estás emocionada? Tu vida está a punto de cambiar.

Reprimiendo el impulso de gritar: «¡A mí me gustaba mi vida tal y como era!», se encogió de hombros y esbozó una sonrisa para suavizar su respuesta.

—Bueno, estaba bastante contenta con la que tenía hasta ahora —murmuró—. Y aún estoy un poco en estado de shock —añadió. Por alguna razón sentía que tenía que excusar su falta de entusiasmo—. Vamos, Sue, no llores —le dijo, dándole un abrazo—. Vas a hacerme llorar a mí también y dije que no iba a llorar.

Pero sí lloró, un poco, y Mike, con su tacto habitual, no hizo ningún comentario sobre sus sollozos mientras la llevaba en su coche al aeródromo privado en el que había quedado con Zach. En vez de eso charló sobre cosas intrascendentes durante el trayecto, conformándose con una sonrisa o un asentimiento por parte de ella de tanto en tanto.

A medida que se acercaban a la entrada del aeródromo se levantó la barrera y les indicaron que siguieran hasta una zona de aparcamiento que estaba vacía salvo por dos limusinas. Se bajaron del coche, Mike sacó su maleta y se volvió hacia ella, que estaba esperando, con los hombros encogidos por la fría brisa otoñal.

—He leído acerca de tu abuelo en Internet —le dijo—. Parece que es multimillonario.

Kat asintió; ella también lo había hecho. El saber que su madre se había criado en un mundo lleno de lujos, y que había acabado viviendo en la miseria, llevando una existencia degradante, no hacía sino intensificar su ira hacia el hombre que hasta ese momento se había negado a reconocer siquiera que tenía una nieta.

—Supongo que ya nunca llegaremos a tener esa cita a la que te quería invitar, de cenar en mi casa viendo una película y tomando comida china —añadió Mike.

A pesar del tono jocoso que había empleado, Kat entrevió tristeza en sus palabras, y sintió una punzada de culpabilidad. Había sido una egoísta, había recurrido a Mike para pedirle su ayuda, sabiendo que él aspiraba a que fueran más que amigos. No había pensado en sus sentimientos. Quizás Zach tuviera razón, quizá sí que fuera como su abuelo. Sintió tal espanto al pensar eso que respondió de un modo más cariñoso del que lo habría hecho en otras circunstancias, dándole un gran abrazo y diciéndole:

—No tenemos por qué perder el contacto.

Cuando Zach salió de la limusina, vio a Katina abrazando a aquel tipo y le hirvió la sangre. Sin apartar la vista, aunque sabía que era un poco excesivo que reaccionara así porque tuviera novio, hizo un ademán impaciente al chófer, que esperaba con sus maletas, para que las llevara al avión.

La oyó reírse —una risa suave, íntima— y una emoción a la que no habría sabido poner nombre lo impelió a avanzar hacia ellos a zancadas. Le daba igual que tuviera un novio, o media docena de ellos, pero habría agradecido contar con esa información. Era impropio de Alekis dejarse en el tintero detalles tan importantes, así que probablemente él tampoco supiera nada de aquel tipo.

–Buenas tardes.

Furiosa consigo misma por haberse apartado de Mike como impulsada por un resorte al oír la voz de Zach, Kat puso una mano en el brazo de su amigo.

–Hola –respondió–. Mike, este es Zach Gavros –dijo volviéndose hacia Mike. Luego, volviéndose de nuevo hacia Zach, le dijo–: Este es mi amigo Mike Ross.

Mike dio un paso adelante, tendiéndole la mano a Zach.

–Su amigo y su abogado, según tengo entendido –le dijo Zach, estrechándosela–. Espero que los papeles que le envié a Katina estuvieran en regla.

A Kat no le sorprendió que Mike no respondiese. Zach se había dirigido a él en un tono altivo y aburrido, y antes de acabar la frase ya había apartado la vista para llamar a su chófer y hacer que se ocupara de la maleta de Kat.

A ella se la llevaban los demonios. ¿Cómo podía ser tan grosero? Para compensar, se puso de puntillas y besó a Mike en la mejilla.

–Estaremos en contacto –le dijo con una voz ligeramente ronca por la emoción. El tono cálido se disipó cuando alzó la vista hacia Zach y le espetó–: Si le pedí a Mike que revisara esos papeles fue porque necesitaba cerciorarme de que la donación a El Refugio estaba asegurada, en caso de que mi abuelo decida desheredarme a mí también después de todo.

Zach la miró con los ojos entornados. Sabía que estaba buscando pelea, pero no iba a darle esa satisfacción.

–Creo que no es el momento, ni el lugar para esta

conversación –le dijo–. Adiós, señor Ross –se despidió con un seco asentimiento de cabeza, antes de agarrarla por el codo.

A Kat no le quedó más remedio que ir tras él. Era eso o dejar que la arrastrase por el asfalto. Tuvo que andar más deprisa para poder ponerse a su lado, y cuando lo consiguió se soltó de un tirón.

–¿Quieres ir más despacio? ¡Casi no puedo respirar!

Zach maldijo para sus adentros cuando se detuvo y la vio retroceder. Acabaría proporcionando un primer plano de su cara al paparazi de cuyo objetivo había conseguido protegerla hasta ese momento, si sus guardaespaldas no llegaban a tiempo para impedírselo. Era un riesgo que no estaba dispuesto a correr.

Kat no tuvo tiempo ni de reaccionar cuando, de un modo de lo más inesperado, Zach la agarró por la cintura para atraerla hacia sí y la besó en los labios. Fue un beso sin reservas: apasionado, profundo y posesivo. Por encima del shock que la había paralizado estaba la abrumadora sensación de sus labios contra los de ella y de su cuerpo musculoso tan cerca del suyo, aunque incluso eso pasó a un segundo plano ante la ola de calor que estaba invadiéndola y el cosquilleo de placer que la recorría de arriba abajo, haciéndola estremecer.

El beso terminó tan abruptamente como había comenzado. Tambaleándose hacia atrás como un árbol joven sacudido por la tormenta, Kat abrió la boca, pero de su garganta no salió palabra alguna. Era como si su cerebro y sus cuerdas vocales hubiesen sufrido una desconexión momentánea.

–Tomaré eso como un «¿Cómo te atreves?» –dijo

Zach en un tono hastiado, pasándose una mano por el pelo.

Sin embargo, advirtió irritado que la mano le temblaba ligeramente. Giró la cabeza al oír los gritos de protesta del paparazi, al que sus guardaespaldas estaban llevándose.

Kat siguió su mirada y, al comprender la situación, se le encendieron las mejillas. No era que de pronto se hubiera apoderado de Zach un deseo irrefrenable de besarla.

—Una foto mía besando a una mujer no tiene demasiado valor —le explicó él—. En cambio, el rostro de una mujer misteriosa discutiendo conmigo sí lo tendría. Los paparazis son escoria, pero no son estúpidos. Hace unos días me fotografiaron saliendo del hospital cuando fui a visitar a Alekis. Si hubiera atado cabos...

Kat apenas había oído nada de lo que había dicho después de su primer comentario.

—¡Pero si no estaba discutiendo contigo!

—No dejes que la verdad empañe un buen titular —le dijo él con una sonrisa cínica—. Es como piensa esa gente; se trata de lo que perciban los lectores al ver la foto. Y respecto a lo del beso... No te preocupes; tu novio no lo ha visto.

—No es mi novio, y aunque lo fuera no sería asunto tuyo.

—En tal caso, no hay problema —replicó Zach.

Pero la verdad era que sí lo había, un problema que él mismo había creado. Su estrategia había resultado efectiva, pero había pagado un alto precio, pensó bajando la vista a los carnosos labios de la joven. El precio era la frustración de haber empezado algo que no podía terminar. Además de que le era imposible terminarlo; de hacerlo, estaría traicionando vilmente la confianza que Alekis había depositado en él.

—Y que sepas que, aunque tuvieras una buena razón para lo que has hecho, no me ha gustado nada que me hayas tratado con esos malos modos, como si fuera una marioneta con la que pudieras hacer lo que quisieras —le espetó ella, enfadada, cruzándose de brazos y golpeando el asfalto con la punta del zapato.

Zach no pudo evitar subir la vista lentamente por sus piernas. Aunque llevaba una falda de lana hasta las rodillas, el hecho de no poder distinguir siquiera la silueta de sus muslos bajo la gruesa prenda se le antojó tremendamente sexy. La imaginación era un poderoso afrodisíaco.

—Pues no me ha dado esa impresión.

Solo recordar la suavidad de sus labios y la calidez de su cuerpo contra el suyo hizo que una nueva ola de calor aflorase en su entrepierna.

Si Kat hubiera necesitado una advertencia de lo peligroso que era Zach, la sonrisa lobuna que se había dibujado lentamente en sus labios habría sido la advertencia perfecta. Por eso, cuando alargó la mano hacia su mejilla, se echó hacia atrás. Ni por asomo iba a convertirse en una más de la larga lista de mujeres que se habían dejado engatusar por Zach Gavros para acabar con el corazón roto. Tenía demasiado respeto por sí misma y un instinto de supervivencia demasiado desarrollado.

No dejaría que la historia volviera a repetirse. No podía permitírselo, se dijo, mientras acudía a su mente una imagen de la triste tumba de su madre, invadida por las malas hierbas. Era la imagen de una vida desperdiciada. Pero ella no era como su madre, no dejaría que sus hormonas la controlaran. Y, si eso suponía que seguiría siendo virgen durante toda su vida, era un precio que estaba dispuesta a pagar.

Zach dejó caer la mano. De nada serviría negar que aquella situación estaba minando severamente su capacidad de autocontrol. Y sería muy cansado si iba a tener que andar recordándose constantemente que Kat era la nieta de Alekis y, como tal, le estaba vedada.

Necesitaba una distracción, y dar una salida a la frustración sexual que estaba royéndolo por dentro. Y sabía cuál podía ser la distracción perfecta: Andrea Latkis, una abogada ambiciosa y con talento del bufete de Atenas que asesoraba a Alekis. Andrea, que no era precisamente recatada, le había dejado claro que quería acostarse con él. Y era una invitación que siempre había tenido intención de aceptar, pero los dos tenían una vida muy ocupada y sus agendas nunca coincidían.

—Por cierto, ¿solo has traído una maleta? —le preguntó a Kat.

—He traído lo justo.

—Pues será lo justo para un fin de semana —dijo él con socarronería—. Es igual. Ya nos ocuparemos de eso cuando lleguemos. Y si quieres podemos hacer que traigan el resto de tu ropa y tus cosas.

—¿Por qué iba a querer que trajeran mis cosas? Solo voy a estar allí un par de meses y pienso seguir viviendo en mi apartamento de Londres —replicó ella en un tono calmado y firme.

—Alekis tiene varios pisos y casas en Londres. Podrías mudarte al que quisieras.

Estaba claro que Zach no la había escuchado.

—Prefiero tener un sitio que me pague yo. ¿Y qué

has querido decir con lo de «ya nos ocuparemos de eso cuando lleguemos»?

Zach había echado a andar de nuevo, y tuvo que apretar el paso para alcanzarlo.

—¿Qué has querido decir? —insistió, antes de increparle jadeante—: ¿Quieres hacer el favor de andar más despacio? No todos tenemos las piernas tan largas como tú.

Él esbozó una pequeña sonrisa

—Perdona, es que no estoy acostumbrado a…

—¿A qué? —inquirió ella, al ver que dejaba la frase en el aire y se quedaba como pensativo.

—A pensar en nadie más.

No parecía que reconocerlo abiertamente lo avergonzara en lo más mínimo.

—¿Nunca has…? —murmuró Kat.

—Pareces sorprendida.

—¿De que haya gente egoísta en el mundo? —Kat sacudió la cabeza—. No soy una ingenua. Lo que pasa es que la mayoría de la gente trata de ocultarlo.

No era que nunca lo hubieran criticado —de hecho, le habían llamado cosas mucho peores que «egoísta»—pero sí era la primera vez que sentía un impulso inexplicable de defenderse. ¡Ni que le importara contar o no con su aprobación!, se increpó, reprimiendo aquel ridículo impulso.

—También hay mártires del postureo que tampoco tratan de ocultarlo.

Kat emitió un gemido ahogado, como de indignación. Al darse cuenta de que se había parado, Zach se detuvo también y cuando se dio la vuelta la encontró con los brazos en jarras y mirándolo con los ojos entornados.

–¿Estás diciendo que mi altruismo es solo de cara a la galería? –le espetó.

Zach enarcó una ceja.

–Si no eres capaz de aceptar una crítica constructiva... –le dijo en un tono irónico.

Kat sabía que estaba provocándola, pero no pudo evitar exclamar

–¡¿Constructiva?!

Esbozó una sonrisa forzada y añadió con sorna:

–Supongo que debería darte las gracias, y te prometo que cualquier otro comentario «constructivo» que hagas sobre mi comportamiento lo apreciaré tanto como el que acabas de hacerme.

La suave risa de Zach hizo que la recorriera un cosquilleo, y Kat se apresuró a apartar la vista, azorada y confundida por esa reacción. Cuando volvió a girar la cara hacia él, no estaba mirándola burlón, como se había imaginado, sino con una expresión casi compasiva.

Zach no habría llegado donde había llegado en su vida sin el don especial que tenía para intuir los sentimientos ajenos, y reconoció de inmediato el miedo que subyacía tras la actitud de chica dura de Kat. Lo que nunca se hubiera esperado fue el irracional sentimiento de culpabilidad que se apoderó de él, acompañado de una acuciante necesidad de tranquilizarla.

–Sé que todo esto debe de darte un poco de pánico, encontrarte arrastrada de pronto a un mundo que no es el tuyo, pero a todos nos hace bien salir de nuestra zona de confort de vez en cuando.

Zach se detuvo con el ceño fruncido al darse cuenta de lo mucho que se estaba alejando él de su zona de confort. Había una buena razón por la que no quería caer en el sentimentalismo: en el mundo de las finanzas, la empatía se veía como una muestra de debilidad.

En su vida privada eso nunca había supuesto un problema. Sus relaciones, si es que podía dárseles ese nombre, se basaban en el sexo, no en establecer un vínculo emocional con la otra persona.

Que de repente hubiera suavizado su tono con ella le tocó a Kat la fibra sensible. Si le hubiera tendido los brazos abiertos, se habría lanzado sin dudarlo a ellos en busca de… ¿En busca de qué?, se reprendió. ¿Desde cuándo se había convertido en la clase de mujer que necesitaba a un hombre fuerte en el que apoyarse?

Irritada consigo misma, resopló, levantó la barbilla y, sonriéndole burlona, le dijo:

—Haz el favor de no insultar a mi inteligencia fingiendo que te importo. ¿Sabes siquiera lo que es la empatía?

—Bueno, si algún día necesito que alguien me lo explique, ya sé a quién acudir.

—¿Qué quieres decir?

—Aquí la que tiene vocación redentora eres tú. ¿Cuántos hombres han deducido que la manera de llegar a tu cama es fingiendo que eran almas descarriadas y necesitadas de cariño? —se mofó Zach.

Kat lo miró boquiabierta de indignación y echó a andar de nuevo, increpándolo por encima del hombro al pasar junto a él:

—¡Eres de lo más desagradable!

La sonrisa burlona se borró de los labios de Zach mientras la seguía con la mirada. La ira la había hecho caminar más deprisa, con la espalda recta, la barbilla levantada y los hombros hacia atrás, con la gracia de una bailarina. Podría decirse que él había ganado aquella breve batalla dialéctica, pero su triunfo se le antojó insustancial. Aquella mujer acabaría con él, o más bien el deseo que despertaba en él. La tarea que Alekis le había encomendado cada vez se le hacía más cuesta arriba.

Capítulo 5

AUNQUE Para Kat era una experiencia nueva viajar en un jet privado, no disfrutó del vuelo en absoluto porque no podía dejar de pensar en lo que la esperaba cuando aterrizasen. Cada vez que pensaba en que su abuelo había dejado que su madre se hundiese en la miseria, le hervía la sangre en las venas. Y ahora… ¿qué era lo que quería de ella? ¿Su perdón?, ¿una segunda oportunidad? No se sentía capaz de otorgarle ni lo uno ni lo otro.

Cuando bajaron del jet se subieron a un coche que estaba esperándolos. Encontrarse a solas con Zach en aquel espacio cerrado hizo que Kat se sintiera incómoda. Todavía sentía un ligero cosquilleo en los labios cada vez que recordaba su beso. Se humedeció los labios con la lengua.

—¿Dónde vamos? —le preguntó.

A Zach no le pasó desapercibido lo nerviosa que parecía. Aunque se hiciera la dura, no podía ocultar lo vulnerable que era en realidad.

—Tu abuelo está esperándonos en un hotel aquí al lado. Pero no te preocupes, será un encuentro privado.

Alekis había reservado toda la planta del ático para asegurarse de que tendrían intimidad, y suponía que también espacio para el equipo de especialista con los desfibriladores. Solo esperaba que aquel encuentro no tuviera que ser recordado por acabar en desgracia.

Kat apretó los labios.

—Confío en que no espere que finja, porque no lo haré. Pienso decirle lo que pienso de él —murmuró.

Sus palabras hicieron aflorar un recuerdo a la memoria de Zach. Era lo mismo que él se había dicho antes de volver a entrar en el apartamento de mala muerte en el que había vivido durante siete años. Tenía un vívido recuerdo del acre olor a cerrado que lo había golpeado al traspasar el umbral.

Siendo como era realista, no había esperado una disculpa, ni que su abuela y su tío se mostrasen arrepentidos por cómo lo habían tratado, solo que reconociesen que se habían comportado como unos canallas. Pero ni siquiera tuvo esa satisfacción. Encontró a su abuela en la cama, con el pelo sucio y apelmazado, la mirada perdida… Ni siquiera lo reconoció.

De su tío no había ni rastro. Estaba claro que, cuando los médicos le habían diagnosticado demencia senil avanzada a su abuela, había dejado de ver como un aliciente disponer de cama y comida gratis si tenía que cuidar de ella, y se había largado. Más tarde, Zach había descubierto que no había ido muy lejos. Parecía que se había enzarzado en una pelea callejera y había muerto por una hemorragia interna tres días después. Un final sórdido para una vida sórdida.

Apartó esos recuerdos de su mente y reprimió el impulso de ofrecer a Kat palabras de apoyo. Nada de lo que pudiera decirle serviría para calmarla, para aliviar el conflicto interior que veía reflejado en sus ojos ambarinos, ni para hacer menos incómodo aquel encuentro.

–¿No te sientes capaz de fingir? –inquirió.

–Para mí es un desconocido, y le hizo daño a mi madre.

–Pues díselo. De todos modos, ya te has asegurado la donación de fondos para El Refugio.

Aquella respuesta desconcertó a Kat. ¿Estaba haciendo de abogado del diablo?

–Sabes que no puedo hacer eso. Está enfermo, podría…

Zach le puso una mano en el hombro, como para darle fuerzas, y debía de estar peor de lo que pensaba para que ese gesto la reconfortara como la reconfortó.

–Es que… si le digo algo así y va y se muere… ¿cómo podría vivir con eso sobre mi conciencia? –murmuró.

–Alekis no es de porcelana, y tiene un ejército de médicos y enfermeros pendiente de él. Y aunque le pasara algo no sería responsabilidad tuya –añadió Zach. De repente se sentía furioso con Alekis por poner a su nieta en un aprieto así–. Y esta misma tarde estarás bañándote en el mar.

Kat esbozó una sonrisa que le iluminó el rostro.

–Pues eso sería un milagro, porque no sé nadar.

–Te enseñaré –contestó Zach.

Su ofrecimiento pareció sorprenderla tanto como a él.

–No seas tan amable conmigo o lloraré.

–No lo he dicho por ser amable. Viviendo en una isla saber nadar es una técnica de supervivencia necesaria.

Algún tiempo después llegaban al hotel, que no estaba exactamente al lado del aeródromo, como Zach había dicho, pero sí convenientemente cerca.

—Es muy bonito —observó Kat, mirando a su alrededor cuando entraron en el vestíbulo.

Era un comentario intrascendente, en la línea de la conversación educada que habían mantenido durante el corto trayecto en coche. Ayudaba a mantener la ilusión de normalidad, pero probablemente estaba empezando a parecer desesperada.

—Gracias —contestó Zach.

Kat lo miró con una ceja enarcada.

—Esta cadena de hoteles ha sido una de mis recientes adquisiciones. Este estaba un poco anticuado, pero es increíble lo que se puede conseguir con una reforma.

—¿Este hotel es tuyo? —exclamó ella sorprendida.

Eso explicaría por qué de repente apareció el gerente del hotel para saludarlos y acompañarlos personalmente al ascensor privado que subía al ático, y que estaba flanqueado por dos hombres con gafas de sol, un pinganillo en la oreja y vestidos con traje.

Kat vaciló un instante, echando los hombros hacia atrás y levantando la barbilla antes de entrar en el ascensor. Solo tardaron unos segundos en llegar al ático.

—Él está tan nervioso como tú —le dijo Zach cuando las puertas se abrieron en silencio.

Kat alzó la vista hacia él.

—Lo dudo. Me siento como cuando me escondía de niña, en un intento por hacerme invisible.

De pequeña siempre había tenido algún sitio donde esconderse cuando empezaban los gritos, un lugar donde esperar agazapada a que terminasen mientras intentaba hacerse invisible. Pero no podía seguir escondiéndose. Estaba allí y tenía que hacer lo que tenía que hacer.

Zach tenía la sensación de que ni siquiera se había dado cuenta de lo que había dicho. Para la mayoría de la gente esas palabras no habrían tenido mucho sentido, pero en cambio él, que muchas veces se había escondido para intentar evitar las palizas de su tío, sabía que estaba hablando de algo parecido, aunque esperaba que no exactamente de lo mismo.

Confiaba en que su madre, a pesar de haberla abandonado, no hubiera perdido su instinto maternal por completo, y no hubiese permitido que ninguno de los hombres con los que había estado la hubiera maltratado.

—Me da miedo no poder controlarme, hacerle daño con lo que pueda decirle. Estoy tan enfadada... —susurró llevándose una mano al pecho, como si estuviera intentando contener el vendaval de emociones que se había desatado en él.

—Pues no tienes por qué tener miedo; tienes derecho a estar enfadada —replicó él.

Quizá ella sí recibiera las disculpas y las explicaciones que él no había obtenido de su abuela y de su tío.

—Vaya. Creía que estabas de parte de Alexis.

—Sé que no dirás nada que pueda hacerle daño. Eres demasiado... amable —respondió Zach.

Si se había permitido ese comentario era porque hablaba desde el punto de vista de un observador imparcial. No estaba allí para entrometerse en la relación entre abuelo y nieta.

El modo en que había dicho lo de «amable» había hecho que sonara como un defecto, pensó Kat cuando otro de los guardaespaldas de su abuelo los recibió y los condujo al salón de la suite. Sin embargo, la ver-

dad era que no se sintió muy amable cuando sus ojos
se posaron en el anciano que se hallaba sentado en un
sillón en medio del salón que le hizo pensar en un
trono.

Había visto fotos de él en Internet, pero el hombre
que tenía ante ella era más viejo, mucho más viejo, y
a pesar de su rostro surcado por las arrugas y de que
tenía mala cara, uno podía sentir el poder que emanaba de él.

Los ojos del anciano se llenaron de lágrimas al
verla, y la emoción que embargó a Kat fue tan inesperada e intensa que desplazó a los sentimientos encon-
trados que se revolvían en su interior. Aquel hombre
era su abuelo… su familia.

–¿Katina?

Ella se tapó con la mano los labios temblorosos
cuando le tendió los brazos.

–Lo… lo siento tanto, Katina…

Zach vio el conflicto interior de la joven reflejado
en su rostro, como si estuviera intentando aferrarse al
antagonismo que sentía hacia su abuelo, hasta que finalmente perdió la batalla. A pesar de que hacía muy
poco que la conocía, estaba seguro de que no buscaba
ningún beneficio personal con esa capitulación. Estaba claudicando porque tenía un espíritu muy generoso, y porque anhelaba tener familia, o al menos su
idea de lo que era una familia.

La gente solía calificarlo de temerario, decían de él
que no tenía miedo a arriesgarse y que tenía un don
especial para convertir en éxitos todos los proyectos
que emprendía, pero era mentira. Jamás se arriesgaría
a perder nada que le importara de verdad. El dinero en
sí no era importante para él. Perder una fortuna, hacer

una fortuna… eran cosas que jamás le quitarían el sueño. Para él no eran más que desafíos, una especie de prueba de agilidad mental.

Kat sí que era valiente de verdad. Se había lanzado sin paracaídas a la posibilidad de hallar en su abuelo el cariño y la familia que anhelaba, a riesgo de que sus ilusiones quedaran hechas añicos. La admiraba por ello, aunque también lo espantaba.

No estaba de parte de Alekis, pero, siendo sincero consigo mismo, tampoco podía considerarse un observador imparcial como pretendía ser. Por algún motivo, Kat había despertado un fuerte instinto protector en él. No quería sentir lo que estaba sintiendo en ese momento mientras la observaba acercándose al anciano para acuclillarse a su lado.

Una parte de Kat no quería reprimir la ira que sentía, porque le parecía que sería como una traición hacia su madre, pero se dio cuenta de que la explosión emocional que había experimentado al entrar la había desintegrado por completo. Había ensayado en su mente las duras palabras que quería dirigirle a su abuelo, pero… ¿cómo podría decirle esas cosas cuando parecía tan frágil y tan arrepentido?, se dijo cuando el anciano empezó a hablarle de lo feliz que lo hacía que hubiera accedido a conocerlo.

Con todo, vislumbró al hombre de hierro al que la gente temía cuando echó con cajas destempladas a un enfermero que entró para tomarle la presión sanguínea. Pero al poco rato el enfermero volvió con refuerzos.

—Señor Azaria —le dijo otro hombre, que parecía un

médico–, lo siento, pero tenemos que hacerlo. Estas lecturas…

Fue entonces cuando Kat se dio cuenta de que le salían varios cables por debajo del traje, que se imaginó que eran los que ofrecían lecturas de sus signos vitales al equipo médico en la sala contigua.

–¡Está bien, está bien! –gruñó su abuelo, irritado.

Kat se preguntó si el sudor que perlaba su rostro cuando la tomó de la mano no tendría algo que ver con que hubiera dado su brazo a torcer.

—Como estaba diciendo –continuó su abuelo cuando el equipo médico se hubo retirado–, no será más que un pequeño cóctel. Nada demasiado formal: algo de beber, charlar con los invitados…

¿Cuándo había dicho eso?, se preguntó Kat aturdida. No recordaba haberle oído decir nada de eso, aunque también era cierto que con todas las emociones del momento le costaba concentrarse.

–Algún que otro periodista… –proseguía su abuelo.

A Kat el corazón parecía que fuera a salírsele del pecho. De pronto sentía como náuseas.

—No te preocupes, no son enemigos, los he invitado yo. Una de las ventajas de ser dueño de una isla es que resulta fácil mantener a distancia a huéspedes no deseados –murmuró su abuelo, apretándole la mano–. Además, eres una Azaria, puedes con eso y mucho más.

Kat se sintió incapaz de decirle que no era cierto, que ella no era una Azaria de verdad, y que dudaba que pudiera llegar a encajar en su mundo. Minutos después, cuando el encuentro concluyó y volvió a entrar en el ascensor con Zach, la desazón que había asaltado a Kat aumentó. ¿A qué acababa de comprometerse? No quería ir a ese cóctel, aunque fuera algo informal.

Zach, que acababa de pulsar el botón del sótano donde estaba el aparcamiento, estaba observándola apoyado en la pared con las manos en los bolsillos del pantalón.

—Tienes cara de necesitar un trago —le dijo.

¿Y quizá también un abrazo? De inmediato desterró aquel absurdo pensamiento. Él no era un hombre de abrazos, y darle un abrazo no satisfaría ni un ápice el deseo que sentía por Kat.

—Preferiría algunas explicaciones. ¿Qué es eso del cóctel?, ¿y de que habrá periodistas?

—Ya veo por dónde vas.

—¿Tú estabas al tanto de eso? —exclamó Kat. No sabría decir si eso la aliviaba o la irritaba aún más.

Zach se encogió de hombros.

—Como te ha dicho tu abuelo, no es más que un cóctel en el que solo tendrás que socializar un poco. Un par de veces o tres al año invita a algunos periodistas dóciles y un grupo bastante variopinto de personas: diplomáticos, empresarios…

El pánico que se estaba apoderando de Kat hizo que su voz sonara ligeramente chillona cuando le espetó:

—¡Pero es que yo no sé socializar con gente así!

—Tonterías —replicó él. Habían llegado al aparcamiento—. Anda, vamos, el chófer está esperándonos —dijo señalando el coche que aguardaba a unos metros.

Kat sacudió la cabeza.

—No. No pienso ir a ninguna parte hasta que me digas qué está pasando.

–Lo que pasa es que tenemos que controlar el flujo de información. Negar los rumores solo…

–¿Qué rumores? –lo cortó ella, mirándolo alarmada.

–Mañana se publicará un artículo que confirmará que tu abuelo ha tenido un infarto, y algo así normalmente ocuparía las portadas durante semanas, y provocaría una reacción histérica que haría tambalearse la confianza de los mercados.

–¿Y no se puede impedir? –inquirió Kat.

Quizá estuviera mal, pero se sentía aliviada de que aquello tuviera que ver con la confianza de los mercados y no con ella.

Zach esbozó una media sonrisa que tenía un matiz cruel.

–Ya me he ocupado de eso.

Kat lo miró contrariada.

–¿Qué quieres decir?

–Vamos a tapar los problemas de salud de Alekis con una información mucho más jugosa: la del emocionante encuentro con su nieta.

–O sea, que estás utilizándome.

Parecía sorprendida. Zach frunció el ceño.

–No ha sido idea mía –replicó.

No es que estuviera intentando desviar su ira, pero le pareció que podría ser bueno para ella que comprendiese que su abuelo no era una persona cálida y amorosa, ni siquiera después de haber estado al borde de la muerte. Le parecía un poco extraño tener que ser él quien se lo hiciera ver, pero parecía que, a pesar de la dura infancia que había tenido, aún la sorprendía que hubiera personas que no se movían por motivos tan elevados como los suyos.

Estaba seguro de que no había sido el único en percatarse de su falta de picardía, pero probablemente sí era el único que no había intentado usarlo en su provecho. Y si no empezaba a endurecerse, y pronto, acabaría siendo presa fácil de gente que trataría de aprovecharse de ella con alguna historia lacrimógena.

—¿Quieres decir que…? —balbució Kat.

—Sí, aunque delega en mí, la idea fue de tu abuelo. Pero tampoco es que sea nada siniestro. Como te he dicho, se trata solo de controlar el flujo de información. ¿O preferirías que fuera alguna revista del corazón la que publicase la historia, dándole un toque sensacionalista? —le sugirió él—. Quizá hasta buscarían a algún antiguo novio tuyo para que contase cosas de ti —Zach pensó que sería mejor no añadir que podría ser que lo hicieran de todos modos. En cuanto se supiera que era la heredera de la fortuna de Alekis, empezarían a salirle antiguos novios, ya fueran falsos o verdaderos, hasta de debajo de las piedras—. De este modo controlamos tu exposición a los medios. Si te escondiéramos, tendríamos a los paparazis sobrevolando Tackyntha en helicóptero para sacarte fotos con teleobjetivo.

Kat lo miró espantada.

—¿Hablas en serio?

—Muy en serio. ¿Podemos irnos ya?

Kat lo siguió de mala gana y subieron al vehículo. Zach esperó a que hubieran salido a la calle antes de hablar de nuevo.

—Mira, Katina, vas a ser una de las mujeres más ricas de Europa. La gente querrá saber lo que has desayunado, cuál es tu color favorito de laca de uñas, hablarán de lo que lleves puesto y especularán acerca de tus tendencias sexuales, de si tienes un trastorno alimentario o problemas con las drogas.

Al ver que el espanto de Kat iba en aumento se sintió como un canalla, pero era mejor ser él quien le abriera los ojos que dejar que cualquiera se aprovechara de su vulnerabilidad.

–Dios… –murmuró Kat, cerrando los ojos–. No puedo hacer esto.

–Pues claro que puedes.

La respuesta firme y nada compasiva de Zach hizo a Kat abrir los ojos y mirarlo furibunda.

–Cómo manejemos la situación en las primeras semanas será crucial –añadió Zach–. Si te escondes, la gente dará por hecho que tienes algo que ocultar. Tenemos que crear la ilusión de que eres transparente y abierta a mostrarte como eres. Una de las cosas que debes tener presente es que no puedes confiar en nadie. «En nadie» –recalcó–. Aunque con eso tampoco quiero decir que todo el mundo vaya a ir detrás de tu dinero –concedió.

–¡Vaya, qué alivio! –exclamó ella con sorna. No le estaban dando precisamente ganas de abrazar su nueva vida–. Mira, no soy tonta. Puede que hasta aprenda qué cubiertos tendré que usar para cada plato en las cenas de etiqueta. Aprendo rápido.

–Eso está por ver. No voy a mentirte: adaptarte se te hará bastante cuesta arriba. Pero aprenderás. Para eso es para lo que estoy aquí, para enseñarte.

Kat lo miró con los ojos entornados.

–O sea, que me dirás lo que tengo que decir y lo que tengo que ponerme. Pues para tu información, no soy una marioneta –le espetó cruzándose de brazos.

—No, ya lo creo que no —contestó él irritado—. Lo que eres es...

Zach acabó la frase con una ristra de palabras en griego antes de pasarse una mano por el cabello y quedarse mirándola con los ojos relampagueándole y los labios apretados.

—No he entendido nada —murmuró Kat.

—He dicho —masculló él— que estoy intentando protegerte, pero que si prefieres que te arroje a los lobos...

Sus ojos se encontraron, y un extraño estremecimiento le bajó por la espalda.

—Para tu información, no he vivido hasta ahora en una burbuja, y me las he apañado sin un ángel de la guarda. No me gusta que me traten como a una niña —le espetó Kat.

¿Alguna vez había sido una niña?, se preguntó Zach, recorriendo con la mirada la tensa figura de Kat, que rezumaba hostilidad, antes de posar los ojos en sus labios. Alekis lo había puesto en una posición muy difícil. Si se dejaba llevar por la atracción que sentía por ella, traicionaría la confianza que el anciano, por alguna razón, había depositado en él, pero tampoco podía faltar a la promesa que le había hecho.

—Entonces, ¿vamos a la isla de mi abuelo? —le preguntó Kat.

Zach asintió.

—Nos llevará un helicóptero. No se tarda mucho en llegar.

A Kat le dio vergüenza reconocer que nunca había montado en helicóptero.

—¿Tu familia también vive allí? ¿Es así como conociste a Alekis?

—No, mi familia no vive allí.

—Pero sí tienes familia, ¿no? —inquirió ella, recordando la vez que le había hablado de la muerte de su madre—. ¿Se hicieron cargo de ti después de que tu madre muriera?

—¿Crees que tenemos algo en común por el hecho de que tu madre haya muerto y la mía también? Pues no.

Kat se sonrojó. Si su intención era hacerla sentirse incómoda, lo había conseguido. ¿Pensaba que no sabía que provenían de mundos muy distintos y que ella nunca encajaría en el suyo?, ¿que necesitaba que le recordase que no tenían nada en común?

Ser huérfano era algo terrible para cualquier niño, pero en una familia adinerada como la de Zach esa situación podía suavizarse con una niñera, un buen colegio… Nada de eso podía reemplazar el amor de una madre, pero ayudaba contar con el apoyo de otros familiares, sobre todo si tu familia tenía dinero y no eras la rara de la clase porque no vestías a la moda o porque no te habías ido de vacaciones a ningún sitio.

—Pero si tanto interés tienes en saberlo, sí, tenía más familia aparte de mi madre —dijo Zach. Sus labios se curvaron en una sonrisa cínica—: un tío que ya ha muerto, gracias a Dios, y una abuela que ahora que ya no se acuerda ni de mi nombre… ni del suyo tampoco… es mucho más agradable que antes.

Zach no podía creerse que acabara de contarle todo eso. Ni siquiera Alekis sabía esa clase de detalles de cómo había sido su vida antes de que se conocieran, y allí estaba él, contándole sus miserias a aquella joven tan sentimental, prácticamente invitándola a deambular por su mente.

A Kat se le encogió el corazón.

—Lo siento —murmuró incómoda, preguntándose en qué otras cosas que había presupuesto se habría equivocado.

—¿Por qué? —le espetó él con frialdad—. Eso ya pertenece al pasado.

¿De verdad se creía que era así de fácil?, se preguntó Kat, recordando todas las veces que había deseado poder olvidarse del pasado para que ya no pudiera hacerle daño. Escrutando sus tensas facciones comprendió que no sería buena idea insistir en aquel asunto y decidió cambiar de estrategia.

—Entonces, ¿qué clase de vínculo tienes con mi abuelo?

—Eso me pregunto yo algunas veces.

Antes de que Kat pudiera expresar la frustración que le había provocado esa salida por la tangente, sin duda intencionada, Zach añadió:

—Tu abuelo me ayudó cuando nadie más estaba dispuesto a hacerlo.

—¿Te prestó dinero o...? —aventuró ella.

Zach había bajado la vista, pero la leve sonrisa que afloró a sus sensuales labios la intrigó.

—No exactamente, pero sí puedo decir que estoy en deuda con él. Si no hubiera sido por él, ahora no estaría donde estoy.

—¿Y dónde estarías entonces?

—Algunas veces también yo me pregunto eso, pero no muy a menudo. Prefiero centrarme en el aquí y el ahora.

—Y como persona... ¿sientes aprecio por él?

Zach frunció el ceño un momento.

—Tiene muchas cualidades que admiro, y muchos defectos que acepto —le dijo—. La puerta del mundo al que estás a punto de entrar raramente se abre para los que no pertenecen a él. Yo tampoco pertenecía a él, así que supongo que Alekis pensó que era quien mejor podía ayudarte a adaptarte.

—Entonces, ¿ahora ya eres parte de ese mundo?

—Nunca he tenido conciencia de grupo.

¿Alguna vez respondería de manera directa?, se preguntó Kat.

—Pero quieres que yo me una al «grupo» de mi abuelo.

Zach sacudió la cabeza.

—Eso será elección tuya. Solo quiero que seas consciente de los obstáculos que te encontrarás y que aprendas a…

—¿Pasar desapercibida?

Zach se echó a reír.

—¿Qué te hace tanta gracia? —quiso saber ella.

—Que no te imagino pasando desapercibida en ninguna parte —respondió él. De pronto se había puesto serio, y había una expresión intensa en su rostro—. Eres fascinante, increíblemente hermosa.

Su profunda voz sonaba aterciopelada, cálida y sensual, hipnotizadora. Era como si de pronto no pudiera ni pensar, y no sabía cuánto tiempo llevaba mirándolo embobada, cuando la bocina de otro coche la devolvió a la realidad.

Se liberó del embrujo de sus hipnotizadores ojos oscuros, y le increpó irritada:

—¡No digas tonterías!

No iba a decir de sí misma que fuera fea, pero nadie llamaría «increíblemente hermosa» a alguien como ella, con una boca demasiado grande para su rostro, unas clavículas demasiado marcadas…

A Zach le extrañó que tuviera esa reacción cuando solo le había dicho algo que era evidente. No le parecía que se equivocara demasiado si suponía, por su reacción, que nadie antes que él le había dicho lo hermosa que era. Pero aunque ese fuera el caso… ¡tenía que verse en el espejo todos los días!

—Aunque te esforzaras por no desentonar, por adaptarte, deberías seguir siendo tú, en la medida de lo posible.

Kat pareció desconcertada por aquel consejo.

—¿Y quién iba a ser si no? Me parece que te preocupas demasiado. Estoy acostumbrada a ser la rara, la niña de un hogar de acogida que lleva ropa pasada de moda.

Zach no sintió lástima por ella al oírle decir eso, sino una profunda rabia por la infancia que le habían robado. Sin embargo, parecía que Kat tenía su propia escala de valores, y que eso nadie había podido quitárselo. ¿Podía decir él lo mismo? ¿Podría ser que ella hubiera asumido y superado su pasado y él no?

Apartó ese pensamiento de su mente. Para él, el pasado había quedado muy lejos y estaba enterrado. No solo era incapaz de imaginarse a sí mismo hablando de ese pasado tan abiertamente como lo hacía ella, sino que tampoco quería hacerlo.

Capítulo 6

PUEDES abrir los ojos. Ya estamos en el aire –le gritó Zach a Kat, inclinándose hacia ella, para hacerse oír por encima del ruido de las hélices. Estaban sentados el uno frente al otro.

Kat inspiró profundamente, y al abrir los ojos se dio cuenta de que, en algún momento del despegue del helicóptero, se había agarrado a la mano de Zach y le había clavado las uñas por los nervios.

–Perdona –se disculpó azorada, al ver que le había dejado marca.

Haciendo como que se remetía un mechón de pelo por detrás de la oreja, se frotó la mejilla, que todavía le cosquilleaba por el cálido aliento de Zach. La inquietaba que su cuerpo reaccionara a él de esa forma tan desproporcionada.

–Es que nunca había montado en helicóptero –le confesó.

Solo esperaba que el vuelo fuera a ser tan corto como le había prometido. Se inclinó un momento hacia delante para liberar un mechón de pelo que se le había metido por el cuello del jersey, y al levantar la vista sus ojos se encontraron con los de Zach.

El estómago le dio un vuelco, que sabía que nada tenía que ver con el helicóptero, y un cosquilleo eléctrico la recorrió. Zach se hallaba tan cerca que podía ver las minúsculas arrugas de las comisuras de sus ojos y la ligera sombra de barba de su mandíbula.

Además, cada vez que inspiraba, invadía sus fosas nasales el aroma a colonia que se desprendía de su piel. Unas sensaciones que no sabría definir se revolvían en su interior. Sin saber por qué, se encontró inclinándose hacia él. Era como estar al borde de unas arenas movedizas, luchando contra el impulso suicida de lanzarse a ellas.

Se echó hacia atrás, justo antes de perder el control, pero la cabeza aún le daba vueltas por la adrenalina que se había disparado por sus venas. Apretó los puños, intentando no pensar en el instante en que había estado a un paso de alargar la mano y tocarle la mejilla. Ni siquiera sabía por qué había querido hacer eso.

Igual que no sabía por qué de repente se había encontrado imaginándose desnuda con él en la cama. Azorada y aterrada por esos pensamientos, apartó los ojos de sus sensuales labios y bajó la vista. Quizá hubiera un gen defectuoso, un gen que hacía que algunas mujeres se sintieran atraídas por hombres que no les convenían. ¿Podría ser que lo hubiera heredado de su madre? Ese había sido siempre uno de sus secretos temores.

Zach la observaba con los ojos entornados, recordándose que una parte de la misión que Alekis le había asignado consistía en mantener a los hombres lejos de la cama de su nieta, no en meterse él en ella. Sin embargo, eso no disminuyó ni un ápice la tensión de su entrepierna.

Tragó saliva y giró la cabeza para mirar por la ventanilla. Hacía mucho tiempo que ninguna mujer le provocaba unas reacciones tan intensas, y el saber que ella también se sentía atraída por él no hacía sino complicar aún más la situación. Sobre todo cuando estaban sentados tan cerca el uno del otro, y la había visto mirándolo con ojos de deseo.

Cerró los ojos para alejar de sí la tentación, pero el ansia que lo devoraba no se aplacaba y eso era lo peor, que tenía que soportar esa ansia abrasadora porque no tenía ningún control sobre ella.

Con el corazón martilleándole contra las costillas y la garganta seca, Kat se preguntó si Zach iría a reconocer la tensión sexual que palpitaba en el ambiente, o si tal vez incluso haría algo al respecto. No tenía muy claro si quería que hiciera algo o no.

Estaba a punto de decir algo, aunque no sabía muy bien qué, cuando, al levantar la cabeza, vio que Zach había cerrado los ojos y parecía que se había quedado dormido. Allí estaba ella, toda nerviosa, anticipando un momento mágico… ¡y él se había dormido!

Se le encendieron las mejillas de vergüenza al darse cuenta de lo cerca que había estado de ponerse en ridículo a sí misma. Pero es que le había parecido tan real, tan tangible… ¿De verdad solo se lo había imaginado?, se preguntó, escrutando las esculpidas facciones de Zach. Ahora que estaba relajado parecía más joven y menos serio.

Era extraño sentirse atraída por alguien que ni siquiera le caía bien, pensó Kat. De hecho, le resultaba francamente antipático. Aunque quizá lo raro fuera que nunca antes se hubiese sentido así.

Quizá la rara fuera ella, que a su edad aún era virgen porque no había dejado que ningún hombre llegase con ella más allá de unos pocos besos. De hecho, había habido momentos en que se había dado cuenta de que su incapacidad para tener relaciones afectivas plenas se debía en parte al miedo al abandono que tenía enraizado en su interior, pero siempre apartaba esos pensamientos de su mente.

Igual que había estado tratando de ignorar el hecho más que evidente de que se sentía atraída por Zach Gavros. Claro que negar esa realidad había sido mucho más fácil al principio, cuando lo había visto como una figura plana, como un hombre arrogante. Pero ahora que había vislumbrado que era tan vulnerable como cualquier otra persona, le estaba costando más seguir viéndolo de esa manera.

Se preguntaba si aquellos nuevos sentimientos que habían aflorado en ella se diluirían cuando Zach hubiese salido de su vida. ¿Quería que se diluyeran? Se le escapó un bostezo. La verdad era que a ella también le estaba entrando sueño, probablemente porque estaba empezando a acusar la tensión de las últimas horas, y pronto se le cerraron los ojos y se quedó dormida también.

Kat sabía que era un sueño. Había tenido ese mismo sueño muchas veces, aunque ya hacía tiempo desde la última vez. Las palpitaciones, el estómago encogido por una sensación gélida de pánico… Pero no era ella, era a otra persona a quien estaba observando, una niñita agachada en su escondite, esperando a que en cualquier momento el monstruo alargase su mano y la sacase a rastras. Kat quería gritarle que corriera, que huyera, pero las cuerdas vocales no le respondían.

Todo su cuerpo estaba como paralizado. No podía

hacer otra cosa que mirar, sintiéndose impotente, incapaz de impedir lo que estaba a punto de ocurrir. «Estoy dormida… estoy dormida… no es real…», se repetía una y otra vez, luchando por salir de la densa bruma del sueño que la envolvía. Estaba tan cansada, tan cansada… Fue entonces cuando oyó una voz distante y se aferró a ella para dejar atrás las sombras.

Cuando abrió los ojos su visión aún estaba turbia por el sueño, y vio un rostro difuminado como flotando frente a sí. Poco a poco las facciones se volvieron más definidas, más sólidas, y vio que era Zach, que se había inclinado hacia delante en su asiento y estaba diciéndole:

–Kat, ya estamos llegando.

Ella parpadeó, confundida, porque en ese momento no sabía ni dónde estaba, pero cuando su mente se aclaró se irguió como impulsada por un resorte.

–Perdona, he debido de quedarme dormida –murmuró azorada, peinándose el cabello con las manos y remetiéndoselo tras las orejas.

–Estabas soñando.

–¿Ah, sí? –murmuró ella.

El pensar que había estado observándola mientras dormía la hizo sentirse terriblemente incómoda.

–¿No te acuerdas?

Su intensa mirada, fija en ella, no hizo sino incomodarla aún más.

–¿Quién se acuerda de lo que sueña? –le espetó ella, girando la cabeza hacia la ventanilla.

Estaba decidida a que, viera lo que viera en aquella isla, aunque su abuelo comiera en platos de oro y se duchara con champán, no se quedaría boquiabierta como una boba. Le demostraría a Zach que era capaz de fingir si se lo proponía. Sin embargo, esa firme determinación se esfumó nada más vislumbrar la isla.

Probablemente también tuvo que ver el hecho de que los recibiese un atardecer espectacular que había empezado a teñir el mar con sus rayos rojizos. El helipuerto estaba cerca de un pueblecito formado por casas con tejados de terracota que se alzaba sobre un cabo. Dudaba que la villa de su abuelo pudiera estar construida en un lugar más espectacular que aquel. Miró hacia los verdes montes que se veían al fondo, buscando alguna carretera que subiera hasta el pueblo.

–¿Está muy lejos? –le preguntó a Zach agarrándose a los brazos de su asiento.

El helicóptero había empezado a descender, y sintió cómo los nervios le atenazaban el estómago hasta que por fin se posaron en el suelo y suspiró aliviada.

–¿El qué? –inquirió él.

–Pues la casa, la villa, o lo que sea. ¿Está lejos del pueblo?

Una sonrisa divertida se dibujó en el rostro de Zach.

–No hay ningún pueblo.

–Bueno, la aldea –puntualizó ella, irritada por su pedante respuesta.

–Tampoco hay ninguna aldea.

–Pero… –Kat frunció el ceño–. Antes de que aterrizáramos he visto… –de pronto lo comprendió–. ¿Me estás diciendo que eso que he visto desde el aire es la villa de mi abuelo? –exclamó, con unos ojos como platos.

Zach reprimió una pequeña sonrisa.

–Pero todas esas casitas…

–Son del personal de servicio.

Aún aturdida, Kat giró la cabeza cuando se abrió la puerta del helicóptero y les dio la bienvenida un hombre joven que parecía que había estado esperando su llegada. Tras saludarla con un asentimiento de cabeza, se volvió hacia Zach y le dijo algo en griego. Zach le respondió también en su idioma, y lo que dijo hizo sonreír al otro hombre antes de que se apartara para dejarles salir.

Kat estaba intentando, sin mucho éxito, desabrocharse el cinturón de seguridad, y Zach no pudo evitar quedarse mirándola. Le había caído un mechón de pelo sobre la frente y se apoderó de él un extraño impulso de alargar la mano y apartarlo de su rostro. ¿Serían sus mejillas tan suaves como parecían?

Apretó los puños antes de ceder a la tentación. El que estuviera teniendo esos pensamientos lo inquietaba. No, tenía control sobre sí mismo, se dijo, y aunque no hubiera mucha firmeza en esa afirmación, se negó a admitirlo. Hacerlo habría sido como admitir que había una grieta en su armadura.

Cuando por fin logró desabrocharse el cinturón de seguridad y levantó la cabeza, Kat se encontró con los ojos de Zach fijos en ella, y la intensidad de su mirada hizo que le diese un vuelco el estómago. De pronto fue como si saltaran chispas entre ellos. Aunque se le había cortado la respiración y el corazón le palpitaba con fuerza, logró bajar la vista. ¿Esa tensión que sentía entre ellos era real? ¿O era solo producto de su calenturienta imaginación? Se humedeció los labios. Pues claro que eran imaginaciones suyas. No se podía ser más ridícula.

Cuando bajaron del helicóptero, Zach le explicó:

—Creo que fue en los años sesenta cuando tu abuelo

compró la isla. Entonces había una iglesia y un par de casas, pero aquí no vivía nadie, solo las cabras. Un cabrero venía cada una o dos semanas a ocuparse de ellas. Las cabras siguen aquí, pero no te acerques mucho a ellas. Están bastante asilvestradas y podrían morderte si no te andas con cuidado.

Mientras lo escuchaba, Kat lo miraba pensativa. De perfil a ella, la perfección de sus facciones era aún más evidente. Sí, era muy apuesto, pero al igual que las cabras él también tenía algo salvaje.

Suerte que ella nunca se había sentido atraída por lo impredecible ni lo salvaje. «Ya estás otra vez engañándote a ti misma», la reprendió su vocecita interior. «¿Te da miedo que haya más de tu madre en ti de lo que estarías dispuesta a admitir?».

Irguió los hombros, irritada consigo misma, y siguió a Zach hasta el todoterreno que estaba esperándoles, mientras el hombre que había acudido a recogerles guardaba su equipaje en el maletero.

Capítulo 7

EL TODOTERRENO se detuvo en un patio iluminado frente a la casa principal de la villa. Había oscurecido muy deprisa. Era una noche despejada, y el aire olía a mar y a tomillo.

Zach, que había rodeado el vehículo para abrirle la puerta, la ayudó a bajar mientras el chófer sacaba su equipaje del maletero. Frente al gran portón de doble hoja, abierto de par en par, los esperaba una mujer de unos cuarenta y tantos años.

Iba ataviada con un vestido negro entallado que realzaba su figura curvilínea, y desde la distancia era difícil decir si los mechones plateados de su cabello oscuro eran naturales o una tendencia de moda. El moño francés que llevaba era tan perfecto como su atuendo. Ella, en comparación, se sentía desaliñada con la ropa toda arrugada por el viaje, y se remetió por detrás de la oreja un mechón de pelo mientras Zach se acercaba a saludarla.

Al ver cómo le ponía las manos en los hombros y la besaba en ambas mejillas, a Kat le pareció que su afecto era sincero. Cruzaron unas palabras en griego, y, cuando vio que la mujer la miraba una y otra vez, dedujo que debían de estar hablando de ella. Los dos fueron hacia allí.

—Katina, esta es Selene Carras, el ama de llaves de

tu abuelo —se la presentó en inglés—. Y ella, Selene, es...

—Tienes un aire a Mia —lo interrumpió Selene, posando sus ojos en ella.

Kat la miró con incredulidad.

—¿Conoció a mi madre?

—Ya lo creo que la conocí —la mujer sonrió con amabilidad—. Mi madre fue el ama de llaves de esta villa antes que yo. Tu madre y yo jugábamos juntas durante las vacaciones y... bueno, muchos la echamos de menos cuando se fue.

Kat sintió que se le hacía un nudo de emoción en la garganta. Nunca había tenido a nadie con quien hablar de su madre, a quien poder preguntarle todo lo que quería saber, lo que necesitaba saber.

—De niña solía contarme historias sobre una isla en la que siempre brillaba el sol y las playas eran de una arena blanca y muy fina. Creía que eran solo cuentos, nunca pensé... —murmuró.

Las lágrimas se le agolpaban en los ojos y giró la cabeza hacia otro lado, parpadeando con fuerza para contenerlas, azorada no tanto por esa muestra excesiva de emoción como por el hecho de que Zach estaba observándola. Sin embargo, irónicamente, fue él quien salió en su auxilio.

—¿No es ya la hora de cenar?

—¡Zach! —lo reprendió Selene—. Lo primero es lo primero. Antes le enseñaré a la señorita...

—Llámeme Kat, por favor —le pidió Kat. Le daba igual si eso era faltar a las normas de la etiqueta.

La mujer ladeó la cabeza.

—De acuerdo, siempre y cuando tú me llames a mí también por mi nombre —le dijo. Se volvió hacia

Zach–. Llevaré a Kat a su habitación, le daremos tiempo para que se refresque un poco, y haré que sirvan la cena dentro de… ¿media hora? –sugirió mirando a uno y a otro. Como ninguno dijo nada, tomó su silencio como un «sí» y le dijo a Kat–: Zach irá a por ti para llevarte al comedor –miró un momento a este antes de explicarle a Kat–: La casa no es exactamente pequeña, y lleva algo de tiempo orientarte por ti misma.

¡Que no era exactamente pequeña!, pensó Kat para sí sorprendida cuando entraron en la casa. Si se podía tomar el vestíbulo como referencia… ¡debía de ser inmensa!

El suelo a sus pies era de mármol y sobre su cabeza brillaban las luces de una enorme y antigua lámpara de araña. La escalera se bifurcaba en dos y había dos pisos superiores además de la planta baja.

La voz de Zach, teñida de ironía, rompió el silencio.

–Alekis no es precisamente de los que piensan que menos es más, y tiene muy claro que el tamaño sí que importa. No hay una sola habitación en esta casa en la que no podrías jugar un partido de críquet. No es que sea un deporte que me guste mucho, pero…

–Pero intentarlo, lo intentaste –lo reprendió Selene–. Sí que es verdad que las habitaciones son algo grandes –le dijo a Kat, poniéndole una mano en el brazo.

Esta, sin embargo, apenas estaba escuchándolos. Zach alzó la vista al retrato que Kat se había quedado mirando.

–Es una mujer muy hermosa –murmuró ella admirada.

—Creo que es tu abuela —dijo él.

Kat lo miró con unos ojos como platos antes de volver a fijar la vista en el retrato, que tenía un pesado marco dorado. Estaba colgado en la pared más alejada, y lo iluminaban varias luces focales. Kat se acercó para ver mejor el rostro de aquella mujer a la que no había llegado a conocer. Era su abuela, pensó aturdida. Allí estaban las raíces que había anhelado encontrar toda su vida. Pero… ¿podría decirse que su sitio estaba allí? Todo aquello se le antojaba tan distinto…

La mujer del cuadro lucía un vestido corto, botas altas, el pelo cardado, los ojos perfilados con una gruesa línea negra, las pestañas resaltadas con mucho rímel y los labios de un color pálido. Un look icónico de los sesenta.

—Sus rasgos me recuerdan a los de mi madre… creo —murmuró.

Zach no podía verle la cara, pero al oír el ligero temblor de su voz y ver lo tensos que estaban sus hombros, una extraña emoción lo embargó y se le encogió el corazón. Se negó a admitir que era ternura lo que sentía, pero se apoderó de él un impulso de acercarse a ella para consolarla, pero no fue necesario porque Selene, que estaba al lado de Kat, le rodeó los hombros con el brazo y ella le sonrió agradecida. Zach se sintió aliviado. Esa clase de muestras de afecto nunca se le habían dado bien.

—Sí, Mia salió a ella —dijo el ama de llaves—. Desde niña se le veía el parecido. Y se le fue pareciendo más cuando se fue haciendo más mayor.

Kat le dirigió otra mirada de gratitud entre lágrimas.

–No tengo fotos de mi madre, solo mis recuerdos, y son algo borrosos –le confesó–. No sé hasta qué punto se corresponden con la realidad.

Zach se encontró queriendo decirle que tenía suerte, que a él le gustaría que los recuerdos de su infancia también fueran difusos, pero por desgracia sabía que eran reales, y muy desagradables.

–Por aquí –le indicó Selene a Kat para que la siguiera a su habitación.

–Deja, ya la llevo yo –le dijo Zach al ama de llaves–. Tú tendrás muchas cosas que hacer.

Selene asintió y los dejó a solas.

–Me imagino que absorber todo esto de golpe debe de ser algo abrumador para ti –le dijo Zach a Kat mientras subían la escalera.

–Un poco, sí –murmuró ella–. ¿Tú te acuerdas de tu madre?

Zach se detuvo un momento, y ella, contrariada por lo tenso que se había puesto de repente, se paró también.

–Sí –respondió finalmente, lacónico, antes de empezar a subir de nuevo los escalones.

–A mí me gustaría poder recordar a la mía un poco mejor –murmuró Kat siguiéndole.

Zach, que había llegado al rellano superior, se detuvo de nuevo y se volvió para mirarla con una expresión sombría.

–Ten cuidado con lo que deseas.

Sí que recordaba a su madre; recordaba a una mujer, antaño hermosa, ajada por ser madre soltera y por los dos o tres trabajos que tenía que compaginar para pagar el alquiler de su apartamento y poder alimentarlo y vestirlo. La recordaba siempre cansada, y recordaba que él le había prometido que un día ya no tendría que trabajar, que él encontraría un empleo por el que le pagarían mucho dinero y ella podría descansar.

No había podido cumplir esa promesa porque cuando falleció él solo tenía diez años. Durante mucho tiempo había dado por hecho que había muerto de agotamiento. Solo años después se había enterado por accidente, al encontrar su certificado de defunción, de que había sido por una neumonía. Estaba tan débil que su organismo no había sido capaz de luchar contra la infección, y como ganaba tan poco no había podido costearse el medicamento que habría podido salvarla.

Kat no sabía por qué sentía aquella necesidad de saber más sobre él, pero no pudo evitar insistir.

—Me dijiste que después de que tu madre muriera te fuiste a vivir con tu abuela, ¿no? Con tu abuela y…

—Y con mi tío. Dimitri.

La amargura de su voz se reflejó también en su rostro cuando continuó hablando, con la mirada perdida.

—Si mi abuela era capaz de querer a alguien, podría decirse que quería a mi tío, a su manera, aunque por supuesto ese cariño quedaba por detrás de una botella de vodka.

—¿Tu abuela no te quería?

A Kat se le había escapado aquella pregunta. Sabía que no tenía derecho a interrogarle de esa manera, pero la indignación que la había invadido había sido más fuerte que su prudencia.

—¿A mí? —Zach soltó una risa seca—. Estaba casi tan resentida conmigo como con su propia hija. La mayor parte del tiempo me ignoraba y dejaba que mi tío se ocupara de mí. Era un perdedor que culpaba al mundo de sus problemas, y pagaba sus frustraciones conmigo, utilizándome como a un saco de boxeo.

Kat sintió que los ojos se le llenaban de lágrimas. Estaba segura de que Zach recordaba cada golpe, cada insulto. Lo sabía sin que él se lo dijera.

—¡Cómo odio a los abusones!

Al oírla exclamar eso con fiereza, Zach la miró y cuando la vio allí plantada, con los puños apretados, claramente indignada por lo que le había contado, se quedó paralizado. ¿Qué diablos había hecho?

Él solo había pretendido hacerle ver que a veces era mejor no recordar demasiado, pero había acabado desnudándole su alma. Había desenterrado sentimientos que durante todo ese tiempo había reprimido. Apretó la mandíbula, irritado consigo mismo.

El eco de unos pasos en la planta inferior rompió el silencio.

—Me he acordado de algo —llamó la voz del ama de llaves a través del hueco de la escalera.

Los dos se giraron al verla subir los primeros escalones.

—Dijiste que no tenías ninguna foto de tu madre —le dijo a Kat—, y yo tengo algunas. La mayoría son de hace unos cuantos veranos. Las buscaré —le prometió—. Es una pena, porque antes había un montón de fotos de ella por la casa.

Kat, conmovida por aquel gesto, le dio las gracias a Selene antes de que se marchara.

—Ven, es por aquí —le dijo Zach, señalando el pasillo a la izquierda.

Su voz sonaba fría y distante. Kat se imaginaba que se arrepentía de haberse abierto a ella, porque estaba claro que no era muy dado a compartir con otros sus sentimientos.

—¿Qué pasó con esas fotos de mi madre que había por la casa? —le preguntó.

—Eso debió de ser antes de que yo conociera a tu abuelo —le respondió él—. Tendrás que preguntarle a él.

A menos que las hubiera destruido, pensó Kat, imaginándose a un iracundo Alekis tratando de borrar de su vida todo rastro de su hija. Aquel pensamiento hizo mella en su ánimo, y siguió en silencio a Zach por el interminable pasillo.

—Aquí es —dijo él, deteniéndose ante una puerta de doble hoja—. Esta es tu habitación. Ya deben de haber subido tu maleta, así que relájate un poco y cámbiate. Vendré a recogerte dentro de media hora —añadió antes de alejarse.

Kat habría querido preguntarle dónde estaba la habitación de él, pero se contuvo. No quería que diera la impresión de que no podía estar ni un minuto sin él. También había pensado en decirle que no tenía hambre, pero la verdad era que sí tenía, muchísima. Había estado tan nerviosa que no había probado bocado en todo el día. Abrió la puerta y entró en su habitación. Estaba decorada como un palacete de estilo francés. Las paredes estaban cubiertas con un papel de seda de un suave color entre melocotón y dorado, y había una enorme chimenea con una repisa de piedra labrada.

Toda aquella opulencia la fascinaba. Las antigüedades, los pesados cortinajes… Los muebles, que parecían antiguos, probablemente costaban una fortuna. Era un poco excesivo para ella, que tenía unos gustos más sencillos. Sin embargo, agradeció el toque personal que se había intentado darle a la habitación con flores y velas.

El cuarto de baño era espectacular, y le habría encantado darse un baño relajante en la enorme bañera, pero como no tenía mucho tiempo se conformó con lavarse la cara, maquillarse un poco y cepillarse el pelo antes de cambiarse.

Aunque le sobraban tres minutos, prefirió salir al pasillo a esperar a Zach. ¿Pero por qué? Ni que Zach fuera a entrar, tomarla en volandas y llevarla a la enorme cama con dosel para hacerle apasionadamente el amor.

—Mira que eres ridícula —se reprendió entre dientes.

—¿Por qué eres ridícula?

Al oír la voz de Zach detrás de sí se volvió azorada, pero consiguió inventarse una mentira creíble.

—Me estaba preguntando si no debería haberme puesto algo más elegante. No sé qué costumbre tienen aquí para cenar.

—Bueno, vamos a cenar los dos solos, y como verás yo tampoco voy formal... —dijo él, señalando su atuendo con un ademán.

Kat lo miró de arriba abajo, y se estremeció por dentro al fijarse en lo bien que le sentaban la camisa blanca, con el cuello abierto, y los vaqueros negros que se había puesto. Además, tenía el cabello húmedo, como si acabara de salir de la ducha.

—Pues me alegro —murmuró, por decir algo, y se dio media vuelta y echó a andar.

Zach la dejó alejarse unos cuantos pasos antes de llamarla.

—Por ahí no es.

Kat se volvió y apretó los labios, irritada.

—¡Podías haberlo dicho antes!

Podría, pensó él, pero no lo había hecho porque había estado demasiado ocupado admirando su trasero.

—Perdona.

Mientras bajaban las escaleras, Kat le dijo:

—De todos modos, lo de las formalidades no me va.

—Alekis no es muy aficionado a celebrar fiestas –le explicó Zach–, pero estoy seguro de que querrá presumir de nieta en cuanto le den el alta.

Kat giró la cabeza hacia él.

—El día que nos reunimos con él en ese hotel me pareció que estaba muy… frágil. ¿Cómo de grave es lo que tiene?

—Hasta ahora había sufrido varios «episodios cardíacos». Así es como él los llama, de manera eufemística. Esta vez, sin embargo, fue más que un infarto.

—¿Quieres decir que…?

—Sí, estuvo al borde de la muerte y lo salvaron de milagro.

—¿Crees que debería…? –empezó a preguntarle ella, pero no terminó la frase y sacudió la cabeza–. No, déjalo; es igual.

Habían llegado a la planta de abajo. Zach exhaló un suspiro y se detuvo.

—Mira, lo primero que tienes que aprender es a dejar de preguntarte qué es lo correcto. En vez de eso, pregúntate qué es lo que quieres.

Cuando echó a andar de nuevo, Kat apretó el paso para alcanzarle y le preguntó:

—¿Quieres decir que tú nunca has hecho nada que no quisieras hacer?

–¿Por qué habría de hacerlo?

–Pues… no sé… ¿Porque a veces es lo correcto?

–¿Y quién decide qué es lo correcto? –le espetó él–. Sea como sea, mi respuesta sigue siendo «no». No me mires como si acabaras de descubrir que soy de otra especie. Te lo aseguro: no soy yo el que es distinto.

–Lo dices como si hubiera algo de malo en ser distinto.

–Cuando ser distinto implica que crees en el Ratoncito Pérez, en Papá Noel y en la bondad del prójimo pasados los nueve años… pues sí, es algo malo, muy malo –contestó él–. Bueno, aquí es donde vamos a cenar –se detuvo ante una puerta abierta y le indicó con un ademán que pasara ella primero.

–Eres la persona más cínica que he conocido –le dijo Kat, parándose a su lado antes de entrar–. ¡Vaya, qué bonito! –exclamó al ver el pequeño comedor.

Había una mesa para dos dispuesta frente a las puertas cristaleras de una terraza. Incapaz de contenerse, Kat fue a abrirlas, y se coló la brisa del mar, agitando las finas cortinas blancas y haciendo titilar las velas encendidas sobre la mesa.

–¡Se oye el mar! –exclamó.

–Lo raro sería que no se oyera; estamos en una isla.

Kat se giró sobre los talones.

–Bueno, no he viajado tanto como tú, así que perdona si no me hastía todo, como a ti –le espetó molesta.

Zach no estaba escuchándola. Solo podía pensar en lo preciosa que estaba allí de pie, a la luz de la luna, con el cielo cuajado de estrellas de fondo y flanqueada por las vaporosas cortinas blancas agitadas por la brisa. En la era de los retoques estéticos, Kat destacaba no solo por su belleza natural, sino porque además se mostraba tal y como era.

En ese momento apareció el ama de llaves seguida de dos jóvenes doncellas de uniforme, una de las cuales empujaba un carrito de comida.

–Vaya, ¿vas a servirnos tú también, Selene? ¿Eso no está por debajo de tus funciones? –la picó Zach.

–¡Qué gracioso eres! –le dijo ella con retintín, poniendo los brazos en jarras–. Quería asegurarme personalmente de que todo estaba al gusto de nuestra invitada.

–Está todo perfecto, gracias –le aseguró Kat con una sonrisa.

Selene dio instrucciones en griego a las doncellas, que empezaron a colocar las cosas del carrito en la mesa. Zach retiró una silla para que Kat se sentara, y ella le dio las gracias antes de tomar asiento.

–Creía que todas las estancias de la casa eran enormes –observó Kat, mirando a Selene.

–Sí, bueno, esta es de las pocas que no lo es. El comedor principal es mucho más grande –le explicó el ama de llaves mientras Zach se sentaba también.

–Entonces… ¿mi abuelo come aquí cuando está solo? –inquirió Kat.

Selene soltó una risita antes de desearles buen provecho y abandonar el comedor con las dos doncellas.

–¿He dicho algo gracioso? –le preguntó Kat a Zach, contrariada.

Los sensuales labios de él se curvaron en una media sonrisa.

–Tu abuelo suele comer y cenar en el comedor principal –respondió.

–Pero entonces… ¿cuándo se usa este comedor?

–Solo cuando viene a pasar unos días una de sus… amigas.

Kat se quedó momentáneamente aturdida, hasta que comprendió.

–¿Quieres decir que…? –murmuró, poniendo unos ojos como platos–. ¡Pero si está muy mayor!

Zach esbozó una sonrisita divertida.

–Según parece, no tanto como para eso –se echó hacia atrás en su asiento y se quedó mirándola–. Bueno, ¿cómo te sientes ahora que estás aquí? ¿Es como esperabas?

–No estoy muy segura de qué es lo que esperaba –le confesó ella–. Mi madre solía decirme que un día tendría vestidos bonitos… y ahora los tengo, eso sí.

En el enorme vestidor de su habitación había encontrado un montón de vestidos y conjuntos de firma. Ahora sabía a qué se había referido Zach antes de salir de Londres al decir que se ocuparía del asunto de la ropa.

–Espero que te guste el marisco –le dijo Zach, bajando la vista a las copas de cóctel de langostinos que tenían frente a ellos.

–Ah, sí, no tengo manías. Como de todo. Aunque tengo alergia a los frutos secos.

Por cómo cambió de repente la expresión de su rostro, Zach supo que al decir aquello había resurgido algún recuerdo doloroso.

–¿En qué piensas?

–Pues… en el día en que mi madre… En el día en que fui a las oficinas del Departamento de Asuntos Sociales para intentar retomar el contacto con mi madre –le explicó. No había sido una decisión que hubiera tomado a la ligera. Había sido consciente de los riesgos, sobre todo del riesgo de volver a sentirse rechazada–. Temía que pudiera haber formado otra familia, y que yo podría recordarle un pasado que tal vez quería olvidar.

–Pero fuiste de todos modos –murmuró Zach.

Los dos habían intentado volver a conectar con sus familiares, aunque con fines muy distintos. Él había querido cerrar página y, siendo sincero consigo mismo, también refregarles su éxito por las narices, demostrarles lo que había conseguido en la vida a pesar del daño que le habían hecho. Kat, en cambio, parecía que solo había querido volver a contactar con su madre por ese anhelo que tenía de algún vínculo familiar. Había perdonado a su madre, pero él jamás podría perdonar a su abuela y a su tío. Eso siempre los diferenciaría.

Kat se encogió de hombros.

–En mi expediente había una nota que había enviado a los servicios sociales al poco de abandonarme –murmuró. Bajó la vista para que Zach no pudiera ver las lágrimas que estaba tratando de contener y pinchó un langostino pelado con el tenedor–. La nota decía: «Él me hizo elegir, pero Katina es una buena chica, y de todos modos yo no era una buena madre para ella. Posdata: Es alérgica a los frutos secos».

Si alguna vez tenía un hijo, ella jamás lo abandonaría. Ni por un hombre, ni por nada.

A pesar del tono monocorde en que había recitado de memoria esas palabras, Zach se dio cuenta de lo doloroso que resultaba para ella pronunciarlas. Se le encogió el corazón al verla levantar la cabeza y añadir:

–Nunca se me ocurrió pensar que pudiera estar… que no siguiera viva. Pero envió esa nota porque se preocupaba por mí; no quería que me pasara nada.

Zach se mordió la lengua para no decirle lo que estaba pensando. Quizá Kat necesitaba pensar que a su madre le había importado. ¿Y qué sabía él? A lo mejor sí que le había importado. ¿Acaso era asunto suyo?

–¿Y te fue bien?

Kat fingió haber malinterpretado su pregunta y, dándose unas palmaditas en el bolsillo de la blusa, dijo con una sonrisa:

–Siempre llevo encima mi autoinyector de epinefrina, por si acaso –se llevó a la boca el langostino que había pinchado y lo masticó–. Esto está delicioso –murmuró.

–Le diré a Selene que avise a la cocinera de tu alergia.

–No te preocupes. No es una alergia severa. Conocí a una chica a la que le dio un shock anafiláctico por besar a su novio que había comido curry con frutos secos.

–¿O sea que tus novios tienen que dejar los frutos secos? –bromeó Zach.

El modo en que estaba mirando su boca la hizo sentirse acalorada de repente. Se movió incómoda en su asiento.

–No, como te digo mi alergia no es tan severa –murmuró, antes de tomar un sorbo de champán. Sin duda era un buen momento para cambiar de tema–. Parece que Selene te conoce desde hace mucho.

Zach enarcó una ceja.

–Lo dices porque no me trata con mucha deferencia, ¿no? –contestó sarcástico.

Que fuera capaz de reírse de sí mismo fue una grata sorpresa para Kat.

–La verdad es que sí; solo era un chiquillo cuando tu abuelo me trajo a esta isla –le dijo Zach, poniéndose serio.

Y con frecuencia le parecía que Selene seguía viéndolo como al adolescente rebelde, siempre a la defensiva, y al que en más de una ocasión había pillado con algún objeto de plata de la familia en los bolsillos. El tiempo que había estado convaleciente en la villa le había dado bastantes problemas a Selene, que entonces acababa de estrenarse como ama de llaves.

Kat intentó imaginarse cómo habría sido Zach de niño, y se preguntó si Selene también tendría alguna foto de él. Dejó el tenedor en el plato y tomó otro sorbo de champán. Después de unos cuantos bocados se le había quitado el apetito. Se llevó una mano a la boca para ahogar un bostezo.

–Estás cansada –dijo Zach.

–No, qué va –replicó ella, sacudiendo la cabeza.

–Pues claro que lo estás –insistió él, dejando en la mesa su servilleta–. Necesitas descansar. Mañana también será un día largo. Por la mañana repasaré contigo la lista de invitados.

Kat enarcó las cejas.

–¿Una lista de invitados?

–Te he preparado una lista de todos los nombres, una especie de «quién es quién» con los datos principales sobre cada persona.

Kat parpadeó.

–¿Y vas a hacerme un examen después?

Su comentario hizo reír a Zach, pero, cuando sus ojos se encontraron, los dos se pusieron serios. Era como si la tensión sexual que había entre ambos hubiese absorbido todo el oxígeno, creando un vórtice de energía a su alrededor.

Zach tragó saliva y se aferró al poco autocontrol que le quedaba. Kat parpadeó confundida al verlo levantarse de repente e inclinarse hacia delante. La trémula luz de las velas resaltó los planos y ángulos de sus facciones en un marcado claroscuro antes de que las apagara de un soplido.

A Kat aquel gesto le pareció extrañamente simbólico porque, junto con la luz de las velas, aquel extraño momento de intimidad entre ellos se había esfumado también. Lo reemplazó una atmósfera fría y tirante cuando Zach se alejó hacia la puerta, habiéndose puesto la máscara de empresario implacable que parecía más un robot con circuitos que una persona con emociones. Al llegar a la puerta se volvió hacia ella.

–Pediré que venga alguien para acompañarte de vuelta a tu habitación –le dijo.

Kat parpadeó, contrariada, y se puso de pie.

–¿No vas a acompañarme tú?

Zach esbozó una breve sonrisa, impersonal y distante. Parecía como si estuviera impaciente por salir de allí.

–No puedo. Tengo que atender unos asuntos de trabajo.

Al salir al pasillo, Zach apoyó la espalda en la pared y exhaló un largo suspiro entre dientes. No le enorgullecía admitir que la única manera efectiva que había encontrado de evitar sucumbir a la tentación había sido salir del comedor. Si la hubiera acompañado a su habitación podría haber acabado dándole los buenos días en vez de las buenas noches, se dijo mientras se alejaba.

Capítulo 8

EN LA CASA había un gimnasio con máquinas de última generación que Zach dudaba que Alekis hubiera pisado una sola vez, pero prefirió salir a correr por la playa. Después de dos horas empleándose a fondo sintió que había recobrado un poco la perspectiva. No podía negar que el haber encontrado a alguien con una infancia parecida a la suya había hecho aflorar en él recuerdos reprimidos, y hacía que cuando estaba con Kat sus sentimientos fueran más intensos.

Aquella explicación lógica, que no caía en el viejo cliché de las almas gemelas, lo hizo sentirse más cómodo y se convenció de que podría sobrevivir a los días siguientes sin traicionar la confianza que Alekis había depositado en él. Solo necesitaba mantener las distancias con Kat y cumplir con la tarea que se le había encomendado.

Un par de horas más tarde, Kat, que había desayunado sola, pues le dijeron que Zach ya lo había hecho hacía rato, pidió que le indicaran cómo llegar al estudio, donde estaba esperándola, según decía la nota que le había dejado en el comedor.

Apenas hubo entrado, Zach levantó la vista de la pantalla de la tableta que tenía en sus manos, la dejó en la mesa y se puso de pie.

–Buenos días. ¿Has dormido bien? Excelente –le dijo de corrido, sin darle opción a responder.

Ella parpadeó aturdida. ¿A qué venía aquello?

–¿Café? –le preguntó Zach, cafetera en mano.

Estaba endiabladamente guapo con una camiseta negra y unos vaqueros.

–Sí, por favor. Solo.

Zach se lo sirvió y dejó la taza sobre el escritorio.

–Bien. En el cóctel de esta noche habrá treinta y cinco invitados –dijo sin mirarla siquiera–. Los he dividido en tres categorías: gente de la alta sociedad, personas de negocios y representantes de organizaciones benéficas –explicó, inclinándose sobre la tableta para pulsar en la pantalla con el índice–. Solo hay un miembro de la realeza.

–Vaya. ¿Solo uno? –repitió ella con sorna.

Zach le lanzó una mirada.

–Pero no será un problema –le aseguró, ignorando su sarcasmo–. En cambio, estos otros invitados que ves aquí sí podrían serlo.

Kat no podía verlos porque seguía en el otro extremo del estudio. Al ver que le lanzaba una mirada impaciente, se acercó a regañadientes y apoyó las manos en la mesa y se inclinó para escudriñar la pantalla de la tableta.

–Como verás, he marcado en rojo a todos los que pueden suponer un problema –le explicó Zach–. Tu mayor quebradero de cabeza será probablemente Spiro Alekides. No puedes fiarte de él, y se dice que su comportamiento con las mujeres deja bastante que desear. Pero por desgracia es socio de Alekis en una de sus empresas –añadió, explicando así que estuviera invitado.

—Pues no parece que tú lo apruebes.

—Alekis no necesita de mi aprobación.

—¿Y esta quién es? —inquirió Kat con curiosidad, señalando la foto de una rubia muy sofisticada.

—Esa es Ariana.

Su tono hizo a Kat levantar la vista. Había sentido una pequeña punzada en el pecho, y la alarmaba pensar que, si no eran celos, se le parecían mucho.

—¿La conoces?

—Tienes buena intuición, eso te será de utilidad —la alabó Zach—. Alekides y yo salimos con ella. Al mismo tiempo, de hecho. Alekides la envió a hacerme espionaje industrial, y yo revertí la situación en mi provecho para hacer que le diera información falsa. Y nunca me lo ha perdonado, así que ándate con cuidado —le advirtió.

¡Había salido con ella! A Kat se le cortó el aliento. No es que aquello que estaba sintiendo parecieran celos. ¡Es que lo eran! Aquella reacción tan visceral la sorprendió y la asustó. Bajó la vista para ocultar sus emociones, porque se temía que las llevara escritas en la cara con luces de neón, y consiguió, sin saber cómo, responder en un tono relativamente calmado.

—O sea, que como ella te utilizó a ti, tú la utilizaste a ella. ¿Y se supone que eso te disculpa? —le espetó Kat burlona, como si le diera igual—. Bueno, ya me estudiaré esto luego, no te preocupes —dijo tomando la tableta.

Consciente de que Zach estaba mirándola contrariado, se esforzó por poner cara de póquer, pero parecía que no podía engañarlo, porque advirtió una nota suspicaz en su voz cuando le preguntó:

—¿Estás molesta por algo?

–Pues claro que no –replicó ella, poniéndose la tableta bajo el brazo–. Bueno, si no quieres nada más, me voy a dar una vuelta por la villa. Me apetece explorar un poco.

–¿Quieres que le diga a alguien que te haga de guía?

–No hace falta, seguro que me las apañaré –contestó Kat.

Tenía que salir de allí antes de que se diera cuenta de qué le pasaba. ¡Sería de lo más humillante!

Zach la siguió con la mirada mientras abandonaba el estudio, luchando contra el impulso de ir tras ella, y se dejó caer en una de las sillas. Tenía que dejar de fingir que lo tenía todo bajo control y enfrentarse a los hechos: en lo que se refería a Kat, su férrea capacidad de autocontrol se iba al traste.

Cuando volvió a su habitación, Kat descubrió que nadie había recogido los zapatos que había regado por el suelo antes de bajar a desayunar. Le dio un puntapié a una de las preciosas manoletinas de color limón y casi se tropezó con los llamativos mocasines rojos. Se agachó, tomó un zapato de tacón de chupete con una mano y un botín de tacón de aguja con la otra y los arrojó con rabia al otro lado de la habitación. Pero luego, sintiéndose culpable de que alguien del servicio tuviera que recoger aquel desbarajuste, recogió todos los zapatos, los emparejó y los guardó en sus cajas en el vestidor. Tenía que controlarse; tenía que centrarse y no pensar en Zach Gavros.

Se tumbó en la cama, con la cabeza apoyada en las manos, y más tarde se puso a estudiarse la lista de invitados que le había preparado Zach. Sin embargo, al cabo de una hora no conseguía concentrarse y cuando una doncella llamó a la puerta agradeció la interrupción.

Kat le dio permiso para que pasara.

—La señora Carras me envía para decirle que la cocinera ha preparado té con pastas, y que se lo servirán en el saloncito verde, si le apetece.

«¿Por qué no?», pensó Kat, apagando la tableta.

—Gracias. ¿Podrías indicarme por dónde se va?

Una media hora más tarde, mientras se tomaba una segunda taza de té, Kat se levantó y se acercó a los ventanales. El mar de color turquesa relucía como una joya bajo el sol. Como la villa estaba construida sobre un cabo, se imaginaba que la mayor parte de las estancias tendrían unas vistas igual de espectaculares.

En ese momento entró Selene.

—Buenos días, Kat. ¿Has dormido bien?

—Estupendamente —mintió ella—. He pensado aprovechar para explorar un poco la villa esta mañana.

—Le diré a Della, una de las doncellas, que te acompañe —le comentó Selene—. Puede servirte de guía. Está toda llorosa y no hay quien haga carrera de ella. Está enamorada —añadió a modo de explicación, poniendo los ojos en blanco.

—Ah, no te preocupes. Prefiero ir sola, si no es problema.

—Claro que no. Pues que disfrutes explorando.

Mientras recorría la villa tuvo que volver varias veces sobre sus pasos hasta que se dio cuenta de que estaba construida con un esquema de cuadrícula y empezó a costarle menos orientarse. Suponía que con el tiempo uno se acostumbraría a todos esos metros y

metros de espacio, aunque le daba la impresión de
que a ella le llevaría un poco más hacerse a la presen-
cia de los miembros del servicio que, aunque discre-
tos, aparecían de repente al girar cualquier esquina
cuando menos te lo esperabas.

Confiaba en que a algunos de ellos solo los hubieran contratado de forma temporal para el cóctel de esa
noche. Aquella iba a ser su primera prueba de fuego y
no estaba segura de querer pasarla. ¿A quién se suponía que estaba intentando agradar e impresionar? ¿Al
abuelo al que no conocía, o al hombre al que no le
importaba nada?

Después de media hora curioseando cada estancia
de la villa, salió a la terraza que discurría a lo largo de
aquella ala del edificio. Una gran extensión de césped
muy cuidada se extendía hasta el borde del cabo, y más
allá se veía el mar. Kat se quitó el cárdigan que llevaba,
pues casi parecía primavera, y se sentó en un banco de
piedra rodeado por maceteros de flores. Al poco rato
vio aparecer a Selene, que iba acompañada de una joven doncella de uniforme que resultó ser Della.

Kat sonrió a la chica, pero esta se limitó a saludarla con una leve reverencia y le dedicó una mirada
entre trágica y mohína. Tenía el rímel corrido, como
si hubiera estado llorando. Selene pareció darse
cuenta también de ese detalle, porque le dijo:

—Anda, ve corriendo a lavarte la cara.

La chica se marchó.

—Hace una temperatura tan agradable… —comentó
Kat—. Me parece mentira, en esta época del año.

—Pues sí. Y es un alivio después del verano tan ca-
luroso que hemos pasado. ¿Qué tal te vas orientando
tú sola?

–Bien. Hay tanto que explorar…

–¿Seguro que no quieres que alguien te haga de guía? –insistió Selene–. Aunque ya no te recomendaré a Della –se apresuró a añadir–. Esa chica… Hoy está acabando con mi paciencia.

–En realidad, me gusta explorar por mi cuenta, y así voy aprendiendo a orientarme y no tengo que depender de nadie.

El ama de llaves asintió y sonrió.

–Por cierto, estamos preparando la villa para el cóctel de esta noche, así que si ves que hay un poco de barullo no te extrañes.

–¿Los invitados se quedarán a pasar la noche? –le preguntó Kat. Desde luego había habitaciones de sobra.

–Normalmente sí se quedarían, pero Zach ha dispuesto un transporte que los lleve de regreso al continente. Se marcharán a las ocho y media en punto –le explicó Selene–. Por eso el cóctel empieza tan temprano. Y ahora, si me disculpas, tengo que ir a poner orden porque los músicos ya han llegado y están poniéndose un poco… artísticos –añadió, poniendo los ojos en blanco antes de irse.

Mientras exploraba la siguiente ala de la villa, descubrió que estaba dedicada al servicio doméstico. Su entrada en las cocinas generó un ligero momento de pánico entre el personal que estaba trabajando allí. Se disculpó, salió apresuradamente, y volvió a desorientarse y acabó de nuevo en el exterior, donde descubrió una piscina en un patio cerrado con celosías. A un lado había una barbacoa de obra, y al otro un jacuzzi sobre una plataforma elevada de madera.

Se tendió en una de las tumbonas y miró a su alrededor, maravillándose de lo distinto que era aquel mundo del suyo. Cuando apareció Della para preguntarle qué quería almorzar y si deseaba que se lo sirvieran allí, Kat, que tenía planeado explorar los jardines y la playa, le dijo que un sándwich.

–¿Solo un sándwich? –repitió la chica contrariada–. Pero… ¿y qué le digo yo a la señora Carras?

–Pues que quiero un sándwich –le reiteró ella con impaciencia.

Sin embargo, su irritación se desvaneció cuando, de improviso, la chica contrajo el rostro y se echó a llorar desconsoladamente.

–Está bien, está bien, pediré algo más –le dijo Kat, alarmada, incorporándose.

–No… no es eso –contestó Della entre sollozos–. Es que va a mandarlo lejos de aquí… ¡y no volveré a verlo nunca más! ¡Y yo lo amo!

–Ven, siéntate –la instó Kat, haciéndole sitio en la tumbona. La chica se sentó a su lado y se secó las mejillas con el delantal–. Te llamas Della, ¿no? ¿Quién va a mandar a quién lejos de aquí?

–El señor Gavros, a Alexi, mi novio. Alexi cree que es un tipo estupendo, pero no lo es. Es cruel y no tiene corazón, porque va a mandar a Alexi lejos de mí porque cree que soy demasiado joven para enamorarme. ¡No quiere que nadie sea feliz!

Kat nunca se había sentido tan aliviada de ver a alguien como en ese momento cuando apareció Selene. Nada más ver la escena, se llevó a la llorosa muchacha de allí y volvió al cabo de un rato.

–Perdona a Della.

–No pasa nada. Dice que Zach manda a su novio lejos de aquí.

–Ah, eso. Sí, va contándole lo mismo a cualquiera que la escuche.

–Pero… ¿es verdad?

La mujer se rio entre dientes.

–Zach tiene un acuerdo con la universidad de Atenas. A cambio de una generosa donación anual, les envía a chicos con pocos recursos para que el rector les haga una entrevista. Si la pasan, junto con un examen de ingreso, pueden hacer un curso preparatorio que dura un año y que les permite, si lo aprueban, estudiar una carrera con una beca. Alexi empieza el semestre próximo. El chico es muy listo y está loco de contento.

–Quieres decir que ese muchacho… antes de trabajar aquí…

–Vivía en la calle, como Zach, después de escaparse de su casa. No todos los chicos a los que ayuda acaban en la universidad, pero a todos les ofrece una salida.

Kat no se podía creer lo que estaba oyendo. ¿Zach se había escapado de su casa y había malvivido en las calles? Se imaginaba que era su abuelo quien lo había sacado de esa clase de vida, lo que explicaría la lealtad que demostraba hacia él.

–En fin, el caso es que para Alexi casi es un alivio alejarse por una temporada de Della –le confesó Selene bajando la voz, a modo de confidencia–. Della es una chica un poco intensa, y muy infantil para su edad –exhaló un suspiro–. Creo que será mejor darle el día libre que arriesgarme a que le dé otra llorera. Bueno, entonces, ¿qué te apetece almorzar?

Después de comer, Kat fue a explorar la playa y, como se había puesto un bañador debajo de la ropa, se desvistió. No sabía nadar, pero podía mojarse un poco. Se metió hasta el muslo y se entretuvo saltando cuando venían las olas.

Luego paseó un rato por la orilla y se sentó en la arena para secarse al sol. Solo cuando sacó el reloj del bolsillo del cárdigan para ver la hora que era se dio cuenta de lo tarde que se había hecho. Dando un gritito, se levantó de un salto, se puso la ropa encima del bañador, que ya se había secado, y corrió hacia la villa.

Ya había llegado a los jardines y estaba sorteando un arbusto cuando de repente apareció Zach, como si hubiera salido de la nada, y se chocó con él. Si no la hubiese sujetado por los hombros, y ella no se hubiera agarrado a sus brazos en un acto reflejo, se habría caído hacia atrás. Al inspirar, el olor a hombre de Zach invadió sus fosas nasales, y se le contrajo el vientre de deseo.

Levantó los ojos lentamente de la camiseta mojada, que se le pegaba al pecho, a su rostro. Como el resto de su piel estaba perlado de sudor. No acertó a articular palabra; no podía.

Zach, por su parte, tuvo que hacer acopio de toda su fuerza de voluntad para resistirse a la mirada anhelante de Kat. La nieta de Alekis necesitaba… se merecía algo mejor de lo que alguien como él podía darle.

—No tienes mucha cara de fiesta —comentó.

Estaba increíblemente sexy con el cabello revuelto por el viento, la piel dorada por el sol y los labios entreabiertos.

—La verdad es que no, me está entrando el pánico —murmuró Kat sin aliento, llevándose una mano al

pelo y dando un paso atrás–. Tengo que… tengo que
entrar; voy tarde y debo prepararme.

Al entrar en su habitación, aún jadeante, se quedó
paralizada con la escena que se encontró. Allí, en el
salón que precedía al dormitorio, había un pequeño
ejército de gente variopinta. Entre ellos estaba el ama
de llaves.

–Buenas tardes –balbució educadamente. ¿Qué
diablos…?

Miró con las cejas enarcadas a Selene, pidiendo
una explicación, aunque al fijarse en los secadores,
moldeadores y cepillos de pelo que se entreveían en la
bolsa transparente que llevaba una mujer, empezó a
hacerse una idea.

–Es que he pensado que deberías empezar a prepa-
rarte ya –dijo el ama de llaves.

La mirada inquieta que lanzó al reloj que había sobre la repisa de la chimenea, sugería que en su opinión
debería haber empezado a prepararse mucho antes.
Claro que, teniendo en cuenta lo revuelto y apelmazado
que tenía el pelo por la sal del mar, no era de extrañar.

–Ah, perdón. ¿Es que me estabais… esperando?
–balbució.

–No te preocupes, no pasa nada –le aseguró el ama
de llaves.

–En realidad no hace falta que… De hecho, pueden tomarse todos la tarde libre –dijo, dirigiéndose al
pequeño ejército de estilistas–. No me cuesta nada
arreglarme yo sola.

La expresión de asombro y consternación de los presentes casi hizo a Kat sonreír. Era evidente que los espantaba que pretendiera peinarse y maquillarse ella
sola. Y se notaba que querían replicarle.

–En serio, llevo años peinándome y maquillándome sola –insistió.

Nadie sonrió, y Kat sintió que empezaba a agotársele la paciencia. Le gustaba tanto como a cualquier mujer ir a un salón de belleza de cuando en cuando para recibir toda clase de atenciones, pero no se imaginaba teniendo que someterse a eso en el día a día. Ni aunque fuese solo en ocasiones especiales como aquella.

–De verdad, no hace falta –les reiteró–. Si necesito ayuda, os daré un grito.

Les sonrió para que no se sintieran ofendidos por su negativa, entró en el dormitorio, y cerró la puerta tras de sí, dejándolos anonadados.

Por fin a solas se desvistió y fue al cuarto de baño, que era tan grande que cabría en él un equipo de fútbol. Sin embargo, mientras se duchaba no estaba pensando en un equipo de fútbol, sino en un solo hombre que ocupaba constantemente sus pensamientos. «Pero no tu cama», le dijo burlona su conciencia. Kat contrajo el rostro y cerró el grifo. Se envolvió en una toalla y salió al dormitorio. Miró el vestido que esa mañana temprano había escogido para el cóctel y que había dejado sobre la cama.

Era de seda, de un color azul marino tan oscuro que casi parecía negro, y era bastante sencillo. No tenía mangas, le llegaba a los tobillos, y por la espalda le dejaba al descubierto los omóplatos.

Después de secarse el pelo, probó sin éxito un par de peinados –lo que hizo que deseara no haber rechazado los servicios de los estilistas– y acabó por hacerse un moño suelto en la nuca que fijó con horquillas, dejando sueltos un par de mechones a ambos lados del rostro.

Como normalmente solo se aplicaba un poco de sombra de ojos y de brillo de labios, los quince minutos que pasó maquillándose se le hicieron eternos. Aunque el resultado final no era perfecto, la satisfizo. El ligero colorete en sus mejillas le animaba el rostro, el perfilado resaltaba sus ojos almendrados, y el rímel hacía que sus pestañas parecieran más largas y espesas.

Se había calzado unos zapatos de tacón y estaba estudiando con ojo crítico su reflejo en el espejo de pie del dormitorio, cuando llamaron a la puerta. Supuso que era un educado recordatorio de Selene de que debía salir ya.

Inspiró profundamente e irguió los hombros. Tenía el estómago revuelto por los nervios, pero esbozó una sonrisa para aparentar seguridad y fue a abrir la puerta. Sin embargo, la sonrisa se marchitó en sus labios como una rosa expuesta a una brisa helada cuando se encontró a Zach ante sí.

Una mezcla de emociones y sensaciones imposibles de desenmarañar la sacudió. Zach ya no iba en camiseta y pantalones cortos, como cuando se había chocado con él, sino con un elegante traje oscuro que le sentaba como un guante. Además, tenía el cabello húmedo, como si acabase de salir de la ducha, y su mente conjuró unas imágenes tan turbadoras que casi le hicieron perder la compostura.

–¡Me has dado un susto de muerte! No te esperaba –lo increpó, llevándose una mano al pecho.

Tenía el pulso disparado, pero no porque la hubiera asustado.

Zach, que durante unos segundos se había quedado traspuesto al verla, se aclaró la garganta.

–Y yo que pensaba que no te asustabas con facilidad…

El contraste con su oscuro vestido hacía que su piel brillara como si fuese de oro, y el corte realzaba su esbelta figura y le daba un aire sensual. Además, el peinado que llevaba dejaba al descubierto su elegante cuello y sus delicados omóplatos. Estaba de lo más sofisticada y sexy.

Apoyó una mano en el marco de la puerta, sobre la cabeza de Kat.

–Si pretendías impresionar con ese vestido, lo has conseguido. Estás espectacular.

Aquel cumplido la dejó sin aliento.

–En realidad, mi intención era pasar desapercibida –murmuró. No quería que pensara que había pretendido impresionarlo a él.

Zach esbozó una sonrisa.

–Pues me temo que no lo has conseguido.

Mientras recorrían el pasillo, el aroma del perfume de Kat lo envolvía.

–¿Cuándo es la operación de Alekis? –le preguntó ella.

–A primera hora del jueves si las pruebas del preoperatorio van bien.

–¿Debería ir a verle antes?

–Si quieres…

–¿Es una cirugía peligrosa?

–Bueno, implica riesgos, claro, y más a su edad. Creo que van a hacerle otro bypass y a reemplazar una válvula.

Era extraño hablar de aquello, de que su abuelo podía morir en la sala de operaciones, y de repente Kat se dio cuenta de que en comparación con eso todas sus preocupaciones no eran más que tonterías.

—Respecto al cóctel… —le dijo a Zach, cambiando de tema—. ¿No vas a enumerarme todo lo que no debo hacer? No sé, como que no hable con la boca llena, que no me emborrache y me ponga a bailar sobre una mesa, que no hable de política, que no insulte a los invitados o ahuyente a los más influyentes aunque sean unos babosos…

—Creo que con todo lo que has dicho ya has cubierto las reglas fundamentales, y en el archivo que te puse en la tableta estaba todo lo que tienes que saber —contestó Zach—. Además, aunque sea tu primer evento, pronto te acostumbrarás.

—Ya. Ahora mismo eso no me consuela demasiado, porque estoy hecha un manojo de nervios, pero bueno, como no bebo, por lo menos no tienes que preocuparte por que vaya a emborracharme y dé un espectáculo. Solo me he emborrachado una vez en mi vida y no me gustó nada la experiencia —le explicó Kat, contrayendo el rostro al recordarlo.

Zach sonrió divertido.

—Normalmente eso no impide que la gente vuelva a emborracharse —comentó.

Kat se detuvo, haciendo que él se parara también, y alzó la vista hacia él.

—En mi caso no fue porque bebiera de más. Me echaron alcohol en la bebida —le confesó.

La sonrisa se borró de los labios de Zach, que le puso las manos en los hombros.

—¿Cómo ocurrió?

—Estaba en un club nocturno. Era el cumpleaños de

un conocido y lo celebraba allí. Por suerte, mis amigas me sacaron de allí y no me pasó nada.

Prefería no pensar en qué podría haberle ocurrido si sus amigas no la hubieran ayudado, si los dos tipos que habían intentado que se fuera con ellos lo hubieran conseguido.

–Durante un tiempo desconfié de todo el mundo, pero me di cuenta de que estaba dejando que el miedo gobernara mi vida –añadió Kat, dando un par de pasos y volviéndose hacia él para mirarlo a los ojos–. Todos necesitamos poder confiar en alguien, ¿no crees?

Zach entornó los ojos.

–¿Es una indirecta?

Kat se encogió de hombros.

–Solo lo he dejado caer para que lo pienses. Es verdad que hay gente mala que busca hacer daño, pero también hay buena gente. No sabes lo que te pierdes apartando de ti a todo el mundo.

–¿Y si tienes cuidado y a pesar de todo esta noche alguien vuelve a echarte alcohol en la bebida?

–Me niego a vivir con miedo –replicó ella con una sonrisa–. Mis amigas cuidaron de mí, y aquí… bueno, creo que puedo contar contigo, ¿no?

Zach apartó la vista, ignorando la vocecita interior que le acusó de ser un cobarde.

–Sí, pero nunca sabes qué puede pasar mañana. Puede que no sea bueno desconfiar de todo el mundo, pero tampoco es bueno ser demasiado confiada, Katina.

–¿Qué quieres decir?

De pronto, Zach se vio superado por el agotamiento de luchar consigo mismo, contra el ansia irrefrenable de tomarla en sus brazos. Dejó de luchar y se rindió al abrumador deseo que rugía dentro de él. Le puso una mano en el hueco de la espalda, y vio un destello en sus ojos ambarinos cuando le puso la otra mano en la nuca y la atrajo hacia sí para besarla.

Las sensuales caricias de sus labios arrancaron un profundo gemido a Kat, que estrujó la camisa de Zach entre sus dedos al tiempo que se ponía de puntillas, arqueándose hacia él, incapaz de resistir el magnetismo que fluía entre ellos, y sintió que Zach se estremecía.

Y entonces, tan inesperadamente como había comenzado, el beso terminó. No habría sabido decir cómo, pero de pronto se encontró con que ya no estaba pegada a él, y que Zach estaba mirándola como si… En realidad no estaba segura siquiera de que pudiera verla, porque parecía como si los cubriera una densa bruma que se fue disipando poco a poco.

–¿A qué…? –comenzó a preguntarle con una voz que no parecía la suya–. ¿A qué ha venido eso?

–Antes has dicho que estabas hecha un manojo de nervios por el cóctel –respondió Zach–. ¿Estás menos nerviosa?

Sí que se sentía un poco menos nerviosa, pero no sabía qué tenía que ver eso.

–¿Por qué me has besado? –insistió.

Aunque jadeaba ligeramente, Zach parecía muy calmado –ajeno sin duda al caos que había desatado en su interior– y se sacudió con la mano una mota invisible de la camisa antes de contestarle.

–Porque me moría por volver a hacerlo.

Al oír esas palabras tan directas, y que casi parecía que hubiera pronunciado contra su voluntad, Kat sintió que la azotaba una llamarada de deseo.

Capítulo 9

KAT NO sabía qué decir. Al fin y al cabo, ¿qué podía decir? Quizá «no vuelvas a hacerlo» habría sido lo apropiado, aunque lo que se sentía tentada de decir era «¿y por qué has parado?». Pero al final, rehuyendo su mirada, lo que dijo fue:

—Vamos a llegar tarde.

—No pasa nada, eres la anfitriona —replicó Zach.

Se pasó una mano por el oscuro cabello, pensando en lo maravilloso que había sido tenerla entre sus brazos. La pasión que había intuido en ella desde el principio había explosionado en el instante en que la había tocado. Mientras recorrían juntos el último trecho en dirección al salón de baile, donde iba a celebrarse el cóctel, la vio tensarse.

—Lo harás bien, ya lo verás.

Ella se rio nerviosa y giró la cabeza hacia él.

—¿Tú crees? —murmuró. En ese momento se sentía tan insegura…

—Solo tienes que mostrar interés por las personas con las que hables —le aconsejó Zach, al que le estaba costando mantener la vista apartada de sus labios—. Sé tú misma.

Kat reprimió otra risita nerviosa. ¿Cómo se suponía que iba a ser ella misma, o a comportarse siquiera de una manera juiciosa con la agitación que sentía por dentro después de aquel glorioso beso? Parte del problema era que con él se había comportado tal y como era, y que había respondido a ese beso. De hecho, si se dejara llevar por su instinto, lo agarraría por los brazos y le pediría que volviera a besarla de nuevo.

–¡Eso es algo que jamás pensé que te oiría decir! –exclamó.

Zach enarcó una ceja.

–¿Por qué?

–Porque tengo la impresión de que mi forma de ser te irrita –razonó ella.

Tal vez solo la hubiera besado para hacer que se callase, pensó resentida. Zach se detuvo a unos pasos de las puertas abiertas del salón de baile, del que emanaban música, risas y un runrún de conversaciones.

–No es tu forma de ser lo que me resulta…

–¿Irritante? –sugirió ella.

–No es la palabra adecuada, pero en fin… Es esta situación lo que encuentro profundamente… irritante, sí.

Dios… El deseo que sentía por ella estaba devorándolo por dentro.

–No entiendo a qué te refieres.

–¿Estás segura?

Kat apartó la vista, porque de repente le provocaba más nervios el brillo de los ojos de Zach que lo que la aguardaba en el salón de baile. Solo que no eran nervios, sino excitación. Se pasó la lengua por los labios. «Solo ha sido un beso… deja de ver cosas donde no las hay», se reprendió.

Kat exhaló un hondo suspiro.

–Es igual. Entremos y acabemos con esto.

Zach asintió, y Kat agradeció tenerlo a su lado

cuando entraron, porque tenía la certeza de que así todas las miradas se posarían en él y no en ella. Cuando Zach entraba en un sitio siempre se convertía en el centro de atención.

Se hizo un breve y tenso silencio a medida que los invitados, que habían formado pequeños grupos para charlar entre ellos mientras tomaban el vino que se les había servido, se volvieron al verlos llegar.

No eran tantos, se dijo Kat, intentando tranquilizarse, y obligó a sus pies, que parecían haberse quedado pegados al suelo, a moverse.

«Que comience el espectáculo», la oyó sisear Zach para sí misma, antes de lanzarle una mirada, alzar la barbilla y alejarse de él. La observó mientras luchaba contra el aluvión de extrañas emociones que lo arrolló. Sabía lo nerviosa que estaba, pero nadie lo habría dicho, a pesar de lo pálida que se había puesto, y, aunque lo hubieran notado, al final de la velada solo recordarían su calidez, una calidez que no se podía fingir.

La admiración y el orgullo que sentía se dispararon cuando la vio acercarse a un hombre que estaba solo, excluido de un pequeño grupo situado cerca de él que estaba charlando y riéndose.

Él, entretanto, se quedó apoyado en una pared, proyectando probablemente una actitud menos despreocupada de lo que pretendía porque nadie se le acercaba, ni siquiera los camareros que circulaban por el salón. Y era una lástima, porque no le iría nada mal un trago.

Finalmente consiguió tomar una copa de la bandeja de uno que pasó cerca, y tomó un sorbo mientras reprimía el impulso de ir hasta donde estaba Kat para decirle que daba igual lo que ninguna de aquellas personas pensara de ella y que no viera aquello como una prueba, aunque en realidad sí lo fuera.

¿Qué diablos pretendía Alekis? ¿Por qué la hacía enfrentarse a aquello sola, a sabiendas de que iba a pasarlo mal? ¿Y él por qué estaba ayudándolo? Si alguien tenía que cambiar eran ellos, no Kat.

Tenía que relajarse, se dijo. Sabía que Kat podía con aquello y mucho más. Fue a tomar otro sorbo y contrajo el rostro al encontrarse con que su copa estaba vacía.

La simpatía de Kat desarmó al serio diplomático al que se había acercado, y Zach lo vio tomar de la bandeja de un camarero una copa de vino y otra de zumo que ella debía de haber pedido.

Se fijó en que, mientras hablaba con él y sonreía, Kat se llevaba de cuando en cuando la mano a la sien. El diplomático se inclinó para hacerle un comentario y Kat dejó escapar una risa tan cálida y espontánea que a los que estaban cerca les arrancó una sonrisa, igual que a él.

Zach vio por el rabillo del ojo que dos hombres se apartaban del grupo en el que estaban conversando para unirse a Kat y al diplomático. Al girar la cabeza vio que uno de ellos era un periodista que no le disgustaba del todo, y frunció el ceño al descubrir que el otro era Spiro Alekides, aquel rival en los negocios que no se había tomado demasiado bien que hubiera sido más listo que él, y había agravado su humillación concediendo varias entrevistas que habían dañado su reputación más que el dinero que había perdido.

Zach zigzagueó entre los invitados, intentando no entrar a analizar el instinto protector que dirigía sus pasos.

Aunque Zach no la hubiera advertido acerca de Spiro Alekides, Kat, que lo había reconocido al instante por la foto, lo habría calado de inmediato. Había conocido a otros tipos como él: sonreía mucho, aunque no de un modo sincero, y se esforzaba por decir lo que creía que los demás querían oír.

—Ah, sí, estoy totalmente de acuerdo en que el talento que hay ahí fuera se va a echar a perder —le estaba diciendo Alekides—. No se trata de caridad, sino de invertir en nuestro futuro, y los jóvenes son nuestro futuro.

Hablaba como si estuviera leyendo la caja de un paquete de cereales, pero Kat asintió, y reprimió una mueca cuando empezó a notar que el dolor de cabeza estaba llegando a sus párpados. Por experiencia sabía que si no tomaba medidas pronto acabaría convirtiéndose en una migraña en toda regla, y era lo último que necesitaba.

—Es algo que no todo el mundo entiende —respondió, pensando con sorna para sus adentros «tan bien como usted»—. Si me disculpa un momento, señor Ale…

—Llámeme Spiro, querida.

—¡Cuánto tiempo, Spiro!

Alekides se volvió lentamente y esbozó una sonrisa forzada.

—¡Vaya, Zach, qué agradable sorpresa, encontrarte aquí! —exclamó.

Sonrió también a Kat y al periodista, y tendió su mano a Zach, que se la estrechó sonriendo también, aunque su sonrisa hizo pensar a Kat en un astuto de predador de gran tamaño.

—¿Dónde has dejado a tu damisela? —le preguntó Zach.

Kat dedujo que se refería a la mujer con la que ambos se habían acostado, y sintió nuevas punzadas detrás de los párpados.

—No ha podido venir —contestó Alekides.

—¡Qué lástima! —murmuró Zach—. Caballeros, espero que me perdonen por robarles a nuestra encantadora anfitriona —añadió poniéndole la mano en el hueco de la espalda a Kat—, pero es que hay alguien que ser muere por conocerla.

Kat, incómoda por el agradable cosquilleo que la recorrió al sentir el calor de su mano, frunció el ceño y le preguntó, mientras se alejaban, quién era esa persona.

—¿Te duele la cabeza? —le preguntó Zach sin mirarla.

Ella parpadeó boquiabierta.

—¿Cómo sa…?

Zach la agarró por el codo al verla tambalearse porque se le había enganchado el tacón en el dobladillo del vestido.

—Me lo había parecido —gruñó Zach.

—¿Pero qué…?

Kat no terminó la pregunta al ver que Zach se detenía cuando llegaron donde estaba Selene y le explicaba en voz baja:

—A Kat le duele la cabeza. Voy a llevarla fuera para que le dé un poco el aire.

—Pero no podemos… Esto es… Tengo que quedarme —replicó Kat—. Con que me traigas un analgésico bastará, Selene.

—Sí, eso también. Gracias, Selene; estaremos en la terraza —le dijo Zach—. Hace un momento casi te desmayas —reprendió a Kat cuando salieron fuera.

—¡Por el amor de Dios!, ¡solo he tropezado! La culpa es de estos malditos zapatos de tacón.

Al cabo de un rato apareció Selene con un par de analgésicos y volvió a dejarlos a solas. Kat se tragó las pastillas con el zumo que le quedaba, inspiró profundamente y se masajeó las sienes mientras Zach le sostenía la copa vacía.

—Bueno, pues ya está, volvamos dentro —le dijo.

—Ni hablar. Nos quedaremos aquí. Necesitas un poco de aire fresco —replicó él.

Kat lo miró exasperada.

—Tengo que volver dentro.

—Esa gente puede esperar.

—A ver si te aclaras. Creía que esta fiesta era ultraimportante: ¿qué ha pasado con lo de dar buena impresión, acallar los problemas de salud de mi abuelo con mi aparición estelar y todo eso?

—Está claro que el dolor de cabeza te ha puesto de mal humor. Por eso necesitabas tomar aire fresco, para aclararte las ideas.

Kat suspiró. Era más fácil claudicar, y la verdad era que agradecía poder ausentarse un rato del cóctel. La música animada que empezó a tocar la pequeña orquesta que habían contratado acabó por convencerla de que era lo mejor.

—Bueno, ya has conocido a Spiro Alekides —comentó Zach mientras paseaban por la terraza.

—Sí. Un tipo encantador, ¿no? Si te van las serpientes, quiero decir.

—Pero no hay que subestimarlo, puede ser peligroso.

Habían llegado a los jardines que bajaban hasta la playa. La brisa hizo que se soltaran algunos mechones de pelo del recogido de Kat, que los remetió como pudo.

–Es un mal perdedor –añadió él–. Disfruta con la venganza.

Kat lanzó una mirada de reojo al perfil de Zach, iluminado por la luz de la luna.

–¿Qué te hizo? –inquirió.

–Trató de sabotear algo que es… importante para mí.

Le había llevado algún tiempo darse cuenta de que había un patrón detrás de las ráfagas de historias falsas y dañinas que habían circulado en Internet. Primero había saltado el rumor de unos supuestos abusos por parte de un empleado de la fundación de ayuda a chicos de la calle que pocos sabían que él había creado. Luego la «exclusiva» sobre presuntos casos de acoso en el programa de orientación a adolescentes de centros de acogida.

Tras encargar a una agencia de detectives especializados en delitos cibernéticos que investigaran todo aquello, había descubierto que Spiro Alekides estaba detrás, y había bastado con amenazarle con denunciarle para que se terminara el problema.

Además, para asegurarse de que no volvería a intentar nada, le había dicho que a él no le hacían falta mentiras para hacerlo caer, que tenía en su poder diversos documentos que harían que se pasase una buena temporada en la cárcel. Había sido un farol, pero había funcionado porque los tipos como Alekides siempre tenían trapos sucios que ocultar.

–Te refieres al programa de orientación y ayuda a chicos de la calle, ¿no? –dijo Kat.

Él se paró en seco y la miró anonadado.

—¿Cómo diablos sabes eso?

—¿El qué? —le espetó ella, avanzando un par de pasos y dándose la vuelta para mirarlo—, ¿que tú también tienes vocación redentora y vas por ahí haciendo el bien? —lo picó, permitiéndose una risita triunfal. Una nube había tapado la luna, y le daba rabia no poder ver la expresión de su rostro—. Me gusta hablar con la gente, y se abren a mí. Es un don.

Zach soltó una palabrota entre dientes.

—No sé por qué te comportas como si fuese un secreto vergonzoso —le dijo ella—. A mí me parece que es maravilloso.

—No sabes nada de mí, de las cosas que he…

Kat se puso seria.

—Sé que viviste en la calle, y que aprendiste a arreglártelas solo.

—¿Te lo ha contado Selene? —le preguntó él, irritado, echando a andar de nuevo.

Daba unas zancadas tan grandes que Kat tuvo que apretar el paso para no quedarse atrás.

—No la culpes —le dijo—. Ella dio por hecho que ya lo sabía. ¿Te fuiste huyendo de tu tío, el que murió?

Zach se detuvo y asintió.

—¿Y no volviste nunca?

Su rostro estaba en penumbra, y, cuando finalmente le respondió, su voz estaba desprovista de toda emoción.

—Sí que volví. Volví buscando… supongo que pasar página en mi vida. Él ya no estaba. Descubrí que había muerto, sí, y mi abuela… tenía demencia senil, y ni siquiera podía reconocerme.

Un gemido ahogado escapó de los labios de Kat.

–¿Y qué pasó?

–Nada, que la ingresé en una residencia y no he vuelto a ir por allí.

–O sea, que te aseguraste de que estuviera bien atendida –murmuró Kat.

Decía tanto de él que hubiera hecho algo así por alguien que tan mal lo había tratado…

–Sí, bueno, me aseguré de que tuviera la mejor atención posible porque puedo pagarlo, pero… no puedo sentir siquiera lástima por ella.

Kat alargó la mano hacia la de él y se la apretó suavemente. Lo notaba tan tenso…

–Lo siento, Zach.

–Supongo que piensas que debería perdonarla, ¿no?

–No. Creo que deberías celebrar cada año el día que te escapaste. Si quieres lo celebraremos juntos. Yo te ayudaré.

Zach bajó la vista para mirarla. El viento había arrastrado la nube que ocultaba la luna, y su luz bañó el hermoso rostro de Kat, tiñéndolo de plata.

Capítulo 10

ZACH bajó la vista hacia ella, memorizando cada uno de sus rasgos antes de deleitarse con la perfección del conjunto. Luego, lentamente, levantó una mano y la puso en su mejilla. Kat se estremeció y frotó la mejilla contra su mano, girando el rostro para rozar su palma con los labios. Zach dejó caer la mano.

—¿Cómo vas a ayudarme? —le preguntó.

A Kat le dio un vuelco el corazón. Todo su cuerpo palpitaba. Sabía que la pregunta de Zach no tenía que ver con su conversación.

—Haré cualquier cosa que necesites de mí —le susurró.

Un gruñido de frustración resonó en el pecho de Zach.

—No digas eso, Katina.

Ella alzó la barbilla.

—¿Por qué no?

—Porque no me basta con cualquier cosa. Lo quiero todo.

El fuego de la atracción que crepitaba entre ambos abrasaba el aire cuando Zach inclinó la cabeza y la besó. Kat respondió al beso con fruición, rodeándole el cuello con los brazos y arqueando la espalda para aplastar los senos contra su pecho. Al sentir la erección de Zach contra su vientre, un dulce gemido escapó de su garganta.

Zach despegó sus labios de los de ella y, tomándola de la mano, la condujo hasta la arena de la playa. La luz de la luna lo revestía todo con un brillo plateado, y en el silencio de la noche solo se oía el ruido de las olas, deshaciéndose en espuma blanca al llegar a la orilla. No había viento, solo una cálida quietud. Kat se quitó los zapatos de tacón y Zach se volvió para mirarla.

—Me muero por tocarte —murmuró, acariciándole el cabello.

El corazón de Kat palpitaba pesadamente. Era incapaz de articular palabra, de pensar siquiera.

—Pero sé que esto no es buena idea —añadió Zach, esforzándose por controlar el deseo que lo dominaba.

—Ya es tarde para volver dentro —murmuró ella, temblando por dentro ante el temor de que cambiara de idea.

Sería imposible decir quién había dado el primer paso, pero de pronto estaban besándose de nuevo, con un ansia que les quitaba el aliento. Se agacharon juntos para tumbarse el uno al lado del otro en la arena, y se quedaron mirándose un momento a los ojos, jadeantes.

Zach volvió a besarla, y Kat cerró los ojos, concentrándose en las caricias de sus labios y aspirando el aroma de su colonia, que se entremezclaba con el olor a sal que impregnaba el aire.

La mano de Zach se posó sobre uno de sus senos, arrancando un suave gemido de su garganta. Kat sintió el aire frío de la noche en su piel acalorada cuando deslizó el vestido hacia abajo, dejando al descubierto el sonrosado y endurecido pezón.

Con un ansia frenética, empezaron a desvestirse el uno al otro entre besos apasionados, casi desesperados. Kat se sentía como si todo su cuerpo se hubiese vuelto increíblemente sensible de repente. Era consciente de la más leve caricia, del más leve roce entre ellos, pero sobre todo del calor que estaba aflorando entre sus muslos.

Sin despegar sus labios de los de ella ni un segundo, Zach se incorporó y tiró de ella para que se arrodillaran juntos sobre la arena antes de bajarle la cremallera, que estaba en la parte trasera del vestido. La impaciencia por verla desnuda era parte de la locura que lo consumía. El vestido cayó hasta su cintura.

Kat, que había cerrado los ojos, lo oyó aspirar bruscamente por la boca, como excitado, y gemir después, antes de sentir el roce de su boca primero contra el pezón de uno de sus senos temblorosos. Enredó los dedos en su corto cabello, sujetándole la cabeza contra su pecho para prolongar la punzada de placer que experimentó, abandonándose a aquellas deliciosas sensacioncs.

Para cuando Zach levantó la cabeza, Kat estaba temblando como una hoja y ardiendo por dentro. Zach se inclinó de nuevo para plantar pequeños besos a lo largo de su cuello mientras apretaba la palma de la mano contra su otro seno, y volvió a tomar sus labios entreabiertos.

–Tu piel parece de seda –susurró con voz ronca contra su boca–. Es tan suave…

–Yo también quiero tocarte –murmuró ella.

El aliento de ambos se mezcló antes de que sus lenguas se enroscaran cuando comenzaron a besarse de nuevo con avidez. Kat lo notó estremecerse cuando le abrió la camisa para deslizar las manos por su torso desnudo. Le encantaba el tacto de su piel, la increíble definición de sus músculos, la perfección de cada contorno.

Los labios de Zach descendieron por su pecho, e iba a lamerle el pezón en el momento en que Kat palpó su cicatriz, no de aquel navajazo de años atrás, sino de la incisión que le habían hecho en el quirófano para masajearle el corazón y salvarle la vida.

Zach levantó la cabeza y se quitó la camisa para dejarle ver la línea blanquecina que discurría a lo largo del esternón, y la cicatriz, más pronunciada, justo debajo de las costillas.

–¿Qué te pa…?

Kat no pudo acabar la frase porque Zach asaltó su boca de nuevo y la empujó contra la arena con el peso de su cuerpo. Aquel primer contacto piel contra piel hizo que cualquier pregunta, cualquier pensamiento, se desvaneciera de la mente de Kat. Deslizó las manos por sus anchos hombros, excitada por lo fuerte que era, y el calor que generaban sus cuerpos fue en aumento a medida que continuaron besándose y acariciándose.

–¿Tienes idea de cuánto te deseo? –jadeó Zach–. No he podido dejar de fantasear con esto… desde el primer día en que te vi.

La fiereza de su expresión y el ansia descarnada de sus ojos mientras le acariciaba la mejilla con un dedo, combinados con aquella confesión, arrancó un gemido de la garganta de Kat.

–Yo también te deseo –murmuró–. Quiero sentirte dentro de mí. Lo deseo tanto…

Las palabras de Kat terminaron con el poco auto-control que le quedaba a Zach, que esbozó una sonrisa lobuna y se quitó de encima de ella. Kat iba a protestar cuando se dio cuenta de que estaba desabrochándose los pantalones. Cuando se los hubo quitado, se deshizo también de sus boxers.

Kat tragó saliva y sintió una llamarada de calor entre las piernas. Estaba muy bien dotado y tenía una erección tremenda, pero Kat no sintió vergüenza al mirarlo, sino que se acrecentó su deseo.

Estaba allí tendida, ansiosa por que la tocara de nuevo, y él debió de advertir su desesperación de algún modo, porque se puso en cuclillas para acabar de quitarle el vestido. Luego le llegó el turno a sus braguitas de encaje y, cuando la hubo liberado de ellas, Zach se arrodilló entre sus muslos.

Kat se incorporó un poco y alargó un brazo para tocarlo. Zach gimió y ella lo sintió estremecerse cuando rozó su miembro con los dedos y, envalentonada por su expresión de placer, cerró la mano en torno a él y acarició la suave punta con la yema del pulgar.

Zach la observaba resoplando por la nariz y con los dientes apretados, incapaz de apartar los ojos de su hermoso rostro. Resistió aquel delicioso tormento cuanto pudo antes de apartar su mano y, desoyendo sus protestas, la hizo tumbarse de nuevo.

Zach le tenía agarradas las manos por las muñecas por encima de la cabeza, y lo único que pudo hacer Kat fue gemir cuando se inclinó para frotarse contra ella. Luego, cuando le soltó las manos y deslizó una entre ambos y la introdujo entre sus piernas, gimió de nuevo y se revolvió debajo de él.

Jadeante, se arqueaba hacia su mano mientras exploraba con sus dedos su sexo cálido y húmedo. El placer era tan intenso que no podía soportarlo.

–Por favor… –le suplicó, mordisqueándole el lóbulo de la oreja–. No puedo más… Es… demasiado…

–Tranquila… relájate –susurró él contra su cuello, separándole los muslos–. Rodéame con las piernas.

Ella obedeció, más que dispuesta a aceptar instrucciones. Estaba en un territorio que le era completamente desconocido, y Zach parecía que sabía lo que estaba haciendo. Era un amante intuitivo, apasionado y generoso, y por lo que había oído decir a otras mujeres, parecía que aquella combinación de virtudes amatorias era inusual en un hombre.

Cuando deslizó su miembro dentro de ella, todo pensamiento lógico la abandonó. Y aunque su poderosa embestida se vio ralentizada por la estrechez de su vagina, pues era su primera vez, poco a poco sus músculos internos se ajustaron a él, distendiéndose y contrayéndose cuando empezó a estimularla con los dedos, despertando sus terminaciones nerviosas, que enviaban por todo su cuerpo descargas de placer.

–Es… es increíble… ¡Oh…, Zach…! –murmuró, antes de que él asaltara sus labios de nuevo.

Kat se sentía como si estuviera en llamas mientras se arqueaba hacia él, una y otra vez, dirigiéndose a una meta que no podía ver, y, cuando la alcanzó, la fuerza del orgasmo la sobrecogió de tal manera que se estremeció de la cabeza a los pies. Sus músculos apenas habían empezado a relajarse cuando sintió a Zach eyacular dentro de ella para, un momento después, rodar sobre el costado, para quitarse de encima de ella.

Permanecieron un largo rato así, tumbados el uno junto al otro, jadeantes. Era como volver a bajar a la tierra después de haber estado flotando a muchos kilómetros por encima de ella. Kat estaba sonriendo, y cuando Zach la vio girarse hacia él tomó su mano y la besó en la palma antes de atraer su cálido cuerpo contra el suyo.

Se sentía tan relajado… Le llevó un momento reconocer esa sensación. No asociaba los momentos posteriores al coito con estar relajado. Nunca bajaba la guardia hasta ese punto, nunca se abría hasta ese punto a una mujer, porque eso requería confianza y él no se fiaba de nadie.

Fue entonces cuando un pensamiento cruzó por su mente, infundiendo un terrible temor en él: en el poco tiempo que hacía que conocía a Kat, ella había logrado derribar las barreras que había levantado en torno a su alma, en torno a su corazón. Y si sus sentimientos hacia ella eran tan intensos ahora, que apenas se conocían, ¿cuánto más intensos podrían llegar a ser si se dejase llevar?

Sería mucho más duro cuando aquello terminase, cuando le rompiese el corazón, dejándola atrás, pero era inevitable. Cerró los ojos, y se quedó callado mientras Kat deslizaba las manos por su cuerpo, explorándolo. No fue capaz de detenerla, quería que aquel instante no terminase nunca.

Kat miró a Zach. Parecía que estaba dormido. Su respiración era suave y acompasada, y su pecho subía y bajaba. Bajó la vista un poco más y se sonrojó al recordar el placer que le había dado. Todo su cuerpo era perfecto. La única tara, si es que se podía llamar así, era la larga cicatriz que tenía en el pecho.

Zach se puso tenso, aunque mantuvo los ojos cerrados, cuando notó que estaba deslizando el índice por su cicatriz. Había sabido que aquello ocurriría. Al cabo de un momento Kat encontraría la otra cicatriz, más aparatosa, bajo sus costillas. El primer navajazo, por suerte para él, no había llegado a penetrar en órganos vitales. El segundo, en cambio, que había cortado algunas venas importantes, era el que había provocado todo el daño.

Solía consentir la curiosidad morbosa de sus compañeras de cama. A algunas incluso les había contado mentiras ridículas por diversión, sabiendo que no les importaba ni él, ni el trauma que arrastraba por aquel tío que le había dado unas cuantas palizas.

Pero aquella vez era distinto. La curiosidad de Kat no era morbosa. La empatía que mostraba hacia él estaba impregnada de lástima, algo que siempre le había causado rechazo.

Abrió los ojos y giró la cabeza, pero no pudo evitar sentir un impulso posesivo cuando vio el hermoso rostro de Kat, que le sonrió.

Había cometido un error y no iba a repetirlo, se dijo. Aquello no iba a ninguna parte, porque a él, a diferencia de lo que sin duda querría ella, no le iban los compromisos. Lo más compasivo, a la larga, y quizá ella llegaría a comprenderlo algún día, cuando se hubiera casado y tuviera hijos, sería cortar aquello de raíz.

Kat iba a poner la cabeza en su pecho, pero algo en su expresión la hizo vacilar.

–¿Ocurre algo? –inquirió, poniéndose tensa.

–No he usado preservativo –murmuró Zach. Era la primera vez que le había ocurrido–. Lo siento.

–También era responsabilidad mía –le recordó Kat en un tono quedo.

Zach cerró los ojos y sacudió la cabeza.

–Sabía que dirías eso.

Porque era demasiado buena... demasiado buena para él, aunque se hubiera entregado a él voluntariamente.

Kat alargó la mano y volvió a tocar la cicatriz, que resaltaba contra su piel dorada.

–¿Qué te pasó? –le preguntó, con el corazón encogido.

Él tomó su mano para apartarla y la dejó caer, como si tuviera algo contagioso, antes de incorporarse y quedarse sentado.

–Fue una de esas veces que te pillan en el sitio equivocado y el momento equivocado.

Kat parpadeó y sintió cómo aumentaba la desazón que había aflorado en su estómago.

–¿Es esa toda la explicación que me merezco? –le espetó, sonriendo para aligerar sus palabras–. No te vendrían mal unas lecciones sobre la importancia de compartir –añadió medio en broma.

Zach la miró, y la frialdad de sus ojos la hizo estremecerse por dentro. Alcanzó su vestido, se levantó y se lo metió por la cabeza, aunque no se molestó en intentar subirse la cremallera. Él tampoco se ofreció a ayudarla, así que volvió a arrodillarse junto a él.

–No hay nada entre nosotros, Katina –le dijo Zach–. Sí, ha habido sexo, pero esto no es el principio de algo especial, de una relación romántica. Pero, si quieres saberlo, las cicatrices son la razón por la que soy quien soy. Estaba en el lugar equivocado, pero Alekis también.

—Le salvaste la vida.

—No soy un héroe, Kat. Odio a los abusones, y no me lo pensé, simplemente actué... igual que he hecho esta noche.

No se trataba tanto de lo que había dicho, sino del hecho de que parecía que con sus palabras quería hacerle daño.

—Lo dices como si te arrepintieras de que lo hayamos hecho.

Kat se quedó esperando que lo negara, que le dijera que había sido una de las mejores cosas que le habían pasado en la vida, pero Zach permaneció callado y apartó la vista, como si lo incomodara mirarla a los ojos.

—Ha sido un error, estoy seguro de que lo entiendes.

Kat no dijo nada. Temía que, si intentaba decir algo, terminaría llorando.

—Para empezar, Alekis confiaba en mí —continuó Zach—. He traicionado su confianza, he traicionado a alguien a quien respeto —le dijo, con la esperanza de que lo comprendiera—. Tienes que entenderlo.

—¿Por qué habría de importarme lo que piense mi abuelo? —le espetó ella irritada—. ¿Qué pasa conmigo? ¿No me merezco yo también un poco de respeto? —le dijo, y se le quebró la voz.

—Por favor, no te pongas así...

—¿Que no me ponga así? ¡Acabamos de hacer el amor!

—Solo ha sido sexo.

La respuesta de Zach la hizo palidecer.

—Y no vayas a pensarte que esto es el comienzo de una especie de romance —insistió él.

Kat permaneció allí arrodillada, temblorosa, mientras él se levantaba y se ponía a vestirse. Cuando terminó, le tendió la mano para ayudarla a ponerse de pie, pero ella lo ignoró y se levantó sola.

—Sé que quieres un final de esos de «felices por siempre jamás», un marido e hijos, y es normal, pero yo no soy de esa clase de hombres, y si hubiera sabido que eras virgen...

No terminó la frase. Siendo sincero consigo mismo, sabía que eso no lo habría detenido.

—Deja de ponerme etiquetas. ¡No tienes ni idea de lo que quiero! Creo que no soy yo la que tiene un problema. Yo no esperaba que me dijeras que estabas loco por mí. Solo esperaba un poco de... respeto. Pero no. Has tenido que echar a perder este momento convirtiéndolo en algo desagradable y sórdido porque tienes demasiado miedo como para arriesgarte a sentir algo que no puedes controlar. ¿Y sabes qué? Que hasta que no estés en paz con el pasado, no podrás tener un futuro.

—¿Quién está pretendiendo ahora saber lo que piensa y siente el otro? —la increpó él.

Kat no contestó. Se sujetó la falda del vestido con una mano, decidió no buscar los zapatos —estaban destrozándole los pies, de todos modos— y echó a andar hacia la villa.

Zach sintió una punzada en el pecho mientras la veía alejarse, muy digna a pesar de que llevaba toda la espalda al aire. De repente, Kat se volvió y le gritó:

—¡No eres el único al que le cuesta confiar en los

demás! Y sí, era virgen, y según parece lo bastante estúpida como para pensar que había encontrado a alguien con quien podía bajar la guardia y ser yo misma. ¿Pero sabes qué? Prefiero ser yo misma y cometer errores, que ser como tú, que llevas toda tu vida fingiendo que no tienes sentimientos —escrutó su rostro—. Pues yo no me lo creo.

Y mientras se daba la vuelta de nuevo y se alejaba de él, Zach sintió que el desprecio que se tenía a sí mismo iba en aumento.

Capítulo 11

CÓMO ha ido? –preguntó Selene, y al ver la cara de Kat, exclamó–: ¡Ay, Dios!, ¿es que son malas noticias?

Kat dejó el bolso en la mesa, se volvió hacia el ama de llaves y sacudió la cabeza.

- No, claro que no –la tranquilizó. Aún no se sentía preparada para contarle qué era lo que la tenía tan preocupada–. Los médicos están muy satisfechos con su recuperación. Si los resultados de la próxima ronda de pruebas que tienen que hacerle son buenos, están dispuestos a darle el alta la semana que viene.

Kat estaba yendo a visitarlo una vez a la semana a la clínica de Atenas en la que estaba ingresado, y charlaba con él casi a diario por videoconferencia con el móvil. Ese día, sin embargo, había ido a ver a otro especialista, para ella, después de ir a ver a su abuelo.

–Menos mal –dijo Selene–, debe de estar contento.

–Nada de eso. Está hecho una furia porque no podrá acompañarme a la subasta benéfica.

–¡Qué bobada! Ya irá contigo el año que viene.

–Eso mismo le dije yo, pero él… –murmuró Kat–. Ah, gracias –le dijo a una doncella que le había llevado una bandeja de té con pastas.

–¿Pero él qué? –inquirió el ama de llaves.

–Pues que ha convencido a alguien para que me acompañe en su lugar.

Había descubierto que su abuelo era de esas personas a las que no se les podía llevar la contraria, y encima, cuando había visto que ella no iba a dar su brazo a torcer, se había recostado en la cama, diciendo que le molestaba el pecho, ¿y cómo iba a arriesgarse a no creerlo? Al final había tenido que claudicar.

–Siéntate conmigo –le pidió a Selene.

La mujer accedió con una sonrisa y sirvió té para ambas.

–Bueno, ¿y a quién le ha pedido que te acompañe?, ¿alguien que conozcamos?

–A Zach –dijo Kat en un tono quedo.

Selene, que se lo había imaginado, igual que había intuido que había algo entre ellos dos, asintió con la cabeza. Kat, en cambio, no se lo había esperado en absoluto, y había tenido que pedir a su abuelo que la disculpara para ir al cuarto de baño a llorar. Claro que al menos tenía una excusa para estar tan sensible. Tenía las hormonas revolucionadas porque… estaba embarazada.

Llevaba unos días sospechándolo, y la consulta que había tenido con una ginecóloga se lo había confirmado ese mismo día. Para que nadie se enterase, porque la isla era muy pequeña y todo se sabía, le había pedido a Sue que comprase y le enviase una prueba de embarazo.

Al hacerse la prueba le había dado positivo, pero había pensado que sería mejor que se lo confirmase un médico, y había pedido cita en una consulta privada en Atenas.

Habían pasado dos semanas desde la marcha de

Zach, que no parecía tener intención de volver a la isla, y ahora sabía que estaba embarazada de él. Al principio había sido un shock para ella, y había tenido un momento de pánico, pero poco a poco lo había empezado a aceptar, y para su sorpresa incluso estaba ilusionada.

Y es que, aunque sus emociones en esos momentos no podían estar más revueltas, había una cosa que tenía muy clara. Aquel bebé iba a tener una madre que lo querría. Jamás se sentiría solo, ni asustado. Estaba decidida a darle a ese bebé la infancia que ella no había tenido.

Por desgracia, sin embargo, no podía garantizarle al bebé un padre. ¿Y su abuelo?, ¿cómo reaccionaría? No podía saberlo, pero sospechaba que Alekis se pondría como loco al saber que iba a tener un bisnieto y confiaba en que así fuera.

Y si no fuera así… pues lo aceptaría y seguiría adelante con el embarazo. Para ella su bebé era lo primero. Si los demás no querían hacerle un hueco en su vida… ¡el problema era suyo!

Lo que sí podría suponer un problema con su abuelo era quién era el padre del pequeño. Y todavía estaba por ver cómo se lo tomaría el propio Zach. La noche anterior apenas había dormido pensando cuándo y cómo se lo iba a decir, y había llegado a la conclusión de que necesitaba hacerse ella primero a la idea antes de compartir la noticia con él. Le parecía lo lógico. O tal vez simplemente era una cobarde.

—Bueno, podrías intentar animarte pensando que es un evento deslumbrante —le propuso Selene—, al que va la flor y nata de la sociedad y…

—¡Pero es que… tener que ir con Zach…! —protestó Kat.

El día que se había ido se había encerrado en su dormitorio todo el día, poniendo como excusa que le dolía la cabeza, y no había hecho más que llorar. Ese día había comprendido que Zach no era el único que se engañaba a sí mismo. Si le había costado aceptar que se sentía atraída por él, reconocer que se había enamorado de él había sido una de las cosas más difíciles que había hecho en su vida. Siempre se había vanagloriado de su sinceridad, pero aquella era una verdad que había estado evitando porque había sabido que podría hacerle daño. ¡Lo que no se había imaginado era cuánto!

–Pues, no sé, podrías poner una excusa para no ir –apuntó el ama de llaves.

Kat levantó la barbilla con altivez.

–¿Por qué debería hacer eso? –le espetó.

Ella no había hecho nada malo.

Zach, que estaba atrayendo las miradas y la atención de los fotógrafos, dio un paso atrás, ocultándose en las sombras, y de la limusina que acababa de llegar se bajaron las integrantes de un grupo pop femenino que estaba de moda.

Los fotógrafos se volvieron locos, sacándoles fotos, y Zach resopló con impaciencia. Se había ofrecido a ir a Tackyntha para acompañar a Kat hasta Atenas, pero Selene, que era quien había contestado al teléfono cuando había llamado a la villa, le había comunicado que Kat prefería encontrarse con él a la entrada del hotel donde iba a celebrarse la subasta. Lo que le sorprendía era que nada de lo que había ocurrido entre Kat y él hubiera llegado aún a oídos de Alekis.

Las dos últimas semanas habían sido un auténtico infierno para Zach. Normalmente podía sumergirse en su trabajo en épocas de mucho estrés hasta que pasaba, pero en aquella ocasión había sido incapaz.

Su estado de ánimo se había vuelto completamente volátil: pasaba de la ira y la frustración –porque aquello no era algo que él hubiese buscado– a la desesperación. Era una locura, pero echaba de menos a Kat, y no solo por el sexo, aunque había sido increíble, sino también por pequeñas tonterías como el sonido de su voz, su risa, cómo arrugaba la nariz… Lo tenía obsesionado.

La lógica le decía que era imposible que se hubiese enamorado de ella tan deprisa, y esa misma lógica le decía también que el amor no existía fuera de las novelas románticas. Era lo que siempre había creído, antes de que Katina entrara en su vida.

¿Y ahora? Ahora ya no sabía qué diablos creía o sentía, y no dejaba de pensar en sus palabras: «Hasta que no estés en paz con el pasado, no podrás tener un futuro».

Era él quien tenía un problema. Aún lo enfadaba recordar aquellas palabras, pero había empezado a preguntarse si Kat no tendría razón. Se había negado a reconocer que era un cobarde por escudarse tras su pasado y no mirar al futuro, pero cuanto más lo pensaba…

Esa vez llegaron tres limusinas seguidas. Cuando se abrió la puerta de la primera, se bajó de ella una rubia platino con un vestido plateado tan ajustado que parecía que se lo hubieran pintado sobre la piel. Se paró para posar ante las cámaras, aunque nadie parecía demasiado entusiasmado por su llegada.

–He oído decir que la heredera de Alekis Azaria estará aquí esta noche –oyó que le decía a su acompañante mientras subían las escaleras–. Me pregunto si será una golfa, como su madre.

–¿Su madre era una golfa? –repitió el hombre.

–Ya lo creo. Y una yonqui… Dicen que la hija es igual que ella, que Alekis la encontró en un albergue, y que antes de eso había estado viviendo en la calle.

Zach, aunque estaba en lo alto de la escalinata, había oído cada palabra de su conversación. Se plantó delante de los hombres que flanqueaban las puertas de entrada, y la rubia lo miró de arriba abajo y sus labios se curvaron en una amplia sonrisa.

–¡Vaya, Zach, qué alegría volver a verte! –exclamó–. Cariño, este es Zach Gavros –le dijo a su acompañante.

Zach, que no recordaba haber visto a aquella mujer en su vida, esperó hasta que hubo terminado de enumerar a su sufrido acompañante todas las veces que había coincidido con él.

–Te he oído hablando de la señorita Katina Parvati –dijo Zach, elevando la voz para que lo oyeran bien–, y no me ha gustado lo que he oído. Naturalmente, cualquiera con un poco de sentido común se daría cuenta de que no hay más que malicia y mentiras en esas cosas que has dicho. Y me parece que lo justo es advertirte de que, si vuelvo a oír a alguien repetir esas cosas, no tendré más remedio que poner el caso en manos de mis abogados. Y, cuando hayan acabado contigo, estoy seguro de que Alekis Azaria disfrutaría viendo cómo los suyos toman el relevo. Su nieta es tan superior moralmente a la gente como tú que encuentro ofensivo que respiréis siquiera el mismo aire.

–¡Zach!

Al oír aquella voz se volvió. Kat estaba al pie de la escalinata, ataviada con un vestido de escote palabra de honor que dejaba al descubierto la curva superior de sus senos y exhibía un collar de diamantes.

Fue hacia ella, bajando los escalones de dos en dos, despojándose de sus dudas con cada paso que daba. Lo que sentía por ella no se desvanecería por combustión instantánea. Kat era parte de él, y, si conseguía recuperarla, jamás la dejaría escapar.

–¿Tienes por costumbre montar escenas en público? –lo increpó Kat.

Dios… Estaba tan guapo que no podía apartar los ojos de él. El ansia que tanto se había esforzado en negar se había convertido en un dolor físico que parecía traspasar su alma.

Zach se quedó aturdido un momento y alzó la vista hacia lo alto de las escaleras. La rubia y su acompañante debían de haber entrado en el edificio, porque habían desaparecido.

–Normalmente no –respondió encogiéndose de hombros.

Había tantas cosas que quería decirle… pero ahora que la tenía allí, delante de él, era como si se le hubiera comido la lengua el gato.

Kat bajó la vista y luchó por recobrar la compostura.

–He oído lo que le has dicho a esa pareja –murmuró–. De hecho, me temo que la mayoría de los que están aquí lo han oído.

Ese era el problema: que allí había demasiada gente y él la quería para sí solo.

–Acabemos con esto –le dijo, tomándola por el codo.

Si hubiera alguna forma de marcharse pronto del evento sin que nadie se ofendiera... A él, personalmente, le daba igual ofender a nadie, pero sospechaba que Kat no pensaría lo mismo.

–Desde luego sigues teniendo tan poco tacto como siempre –murmuró Kat molesta. Detestaba la facilidad que tenía Zach para hacerle daño.

Zach la miró con el ceño fruncido.

–No, no quería decir eso... Necesito hablar contigo a solas. Normalmente suelo huir de esta clase de eventos como de la peste. Entraremos y nos iremos en cuanto podamos.

Advirtiéndose que no debía hacerse ilusiones por sus palabras, ni por el fuego posesivo de su mirada, Kat dejó que la llevara dentro del hotel.

Selene le había comentado que los asistentes se congregaban en el vestíbulo, donde se les servía una copa y unos aperitivos antes de la subasta. Había muchísima gente. El collar de diamantes que se había puesto a regañadientes no era nada extravagante comparado con otras joyas que lucían algunas de las mujeres allí presentes. Kat nunca había visto tanta ostentación en un espacio tan reducido. Bueno, tampoco era que el vestíbulo fuera tan pequeño, pero con la cantidad de gente que había, lo parecía.

–Un zumo de fruta, por favor –le pidió a un camarero que le ofreció champán–. Me siento como si todo el mundo estuviera mirándome –le dijo a Zach.

–Es que te están mirando. Eres la mujer más hermosa de todas las que hay aquí reunidas.

A Kat le habría agradado oírle decir eso si la cabeza no estuviera dándole vueltas.

–Creo que no me encuentro...

Zach la agarró antes de que cayera al suelo, y cuando Kat recobró la conciencia vio que estaba agachado a su lado, muy pálido, mientras vaciaba en el suelo el contenido de su bolso de mano.

–¿Dónde está el trasto ese de la epinefrina? –murmuraba entre dientes–. ¿Alguien tiene un autoinyector de epinefrina? –dijo levantando la cabeza y alzando la voz–. ¡Está teniendo un shock anafiláctico! ¿Podrían pedir una ambulancia?

–¡No! ¡Zach! Tranquilo, estoy bien.

Una expresión de profundo alivio se dibujó en sus facciones.

–Gracias a Dios… No, no te muevas; te has desmayado. Creo que has comido algo con frutos secos.

–No, no he comido nada –replicó ella. No había probado bocado porque estaba demasiado nerviosa–. ¿Cómo te has acordado de…?

–Recuerdo cada palabra que me dices.

Kat se pasó la lengua por los labios e intentó levantar la cabeza.

–No, quédate ahí tumbada; espera a que llegue la ambulancia –insistió Zach, plantándole una mano en el pecho para que no pudiera incorporarse.

–¿Quieres parar? –le dijo ella, apartando su mano–. No es alergia, idiota. ¡Estoy embarazada!

Su confesión coincidió con una pausa que se había producido en el runrún de las conversaciones de su alrededor, cuando la gente se había callado, curiosa, para ver qué pasaba. Y como el vestíbulo tenía una acústica excelente, lo más probable era que al menos el ochenta por ciento de los que estaban allí se hubieran enterado de la feliz noticia.

Zach, a su lado, se había quedado de piedra. Se

había puesto blanco como una sábana y parecía que era él quien necesitaba la ambulancia y no ella.

–¿Que estás… embarazada? –repitió aturdido.

Kat asintió y, antes de que pudiera reaccionar, Zach se levantó, la tomó en volandas y la sacó de allí, ignorando las miradas de los presentes. Fuera del edificio apareció un coche como por arte de magia, y Zach la depositó en el asiento trasero con tanto cuidado como si fuera de porcelana antes de sentarse a su lado.

–No sé… no sé qué decir –balbució, bajando sus ojos oscuros a su vientre–. ¿Estás segura de que…?

Kat asintió.

–Lo siento.

Zach enarcó las cejas.

–No digas eso. Un hijo es… es… –algo que daba mucho miedo, pensó para sus adentros–. Una bendición –concluyó–. Al menos eso es lo que me enseñó una de las monjas de mi colegio. Aunque no se lo tomó muy bien cuando le pregunté cuántos había tenido ella.

–No hace falta que finjas, Zach –le dijo ella dolida–. Sé que esto es lo último que habrías querido, y no voy a pedirte nada.

–No deberías tener que pedirme nada –Zach se quedó mirándola un momento y se le escapó una risa entrecortada–. Nos casaremos, por supuesto.

Kat lo miró con incredulidad.

–¿Es una broma?

–¿Ya se lo has contado a tu abuelo?

–Esto no tiene nada que ver con él.

Para su sorpresa, Zach asintió.

–No, es verdad –murmuró. Se inclinó hacia ella y le apartó un mechón de pelo del rostro, remetiéndoselo tras la oreja–. Esta noche vine aquí queriendo hablar contigo, para decirte algunas cosas. ¿Qué te parece si hacemos primero eso y luego hablamos de…?

Bajó la vista, y una sonrisa curvó sus labios cuando Kat se tapó el vientre con la mano en un gesto protector.

–O sea, que no quieres que hablemos del tema –lo acusó.

–Pues claro que quiero –replicó él–, pero es que hay cosas que necesito decirte antes para ponerlo en perspectiva. Si me lo permites… –al ver que se quedaba callada, lo tomó como un «sí»–. Verás, para empezar, tenías razón: tengo un problema con el pasado. Hasta ahora me ha impedido pasar página. He estado solo tanto tiempo que había llegado a convencerme de que eso me hacía más fuerte, pero ahora me doy cuenta de que era al revés, que apuntaba a una debilidad.

–No es una debilidad, Zach. Es solo que… a veces tienes que poner un poco de tu parte si quieres recibir algo a cambio.

–Sí, pero estar solo es más fácil –repuso él contrayendo el rostro–. Y estaba dispuesto a renunciar a lo mejor que me ha ocurrido porque estaba asustado. Fui un estúpido al dejarte marchar.

–Yo no me marché, Zach, me apartaste de tu lado.

Él la miró avergonzado al oír la amargura de su voz.

–Tienes razón, soy un idiota. Aislarme era mi manera de sentir que tenía las riendas de mi vida, pero ahora sé que no es eso lo que quiero. ¿Y sabes qué?, que a partir de ahora voy a pensar en esos años como el tiempo en el que estaba esperándote sin saberlo. Porque en el momento en que te vi, en aquel cementerio, fue como ver a un ángel.

—¡De modo que no fue mi imaginación! —susurró ella, recordando que se había sentido observada mientras ponía flores en la tumba de su madre.

Él esbozó una media sonrisa.

—No podía dejar de pensar en ti —se sacó el móvil del bolsillo y le enseñó una de las fotos que le había hecho—. ¿Tienes idea de cuántas veces al día miraba esto?

Las lágrimas que habían acudido a los ojos de Kat mientras hablaba perlaban ya sus pestañas.

—No estarás diciendo esto solo por el bebé, ¿verdad? No podría soportarlo.

—El bebé… Jamás pensé que fuera a tener un hijo, pero ahora… no sabes cuánto lo deseo —dijo Zach poniéndole una mano posesiva en el vientre, antes de besarla en los labios.

Fue un beso apasionado y tierno que transmitía su dicha.

—Te quiero, Kat —murmuró. El solo decirlo fue tan liberador que lo dijo de nuevo, con una sinceridad que palpitaba en su voz—: Te quiero y confío en que un día aprendas a quererme. Cásate conmigo, Kat; seamos una familia.

—Eso no es posible —replicó ella—, ¡porque ya estoy completa y absolutamente enamorada de ti! —exclamó, echándole los brazos al cuello.

Epílogo

QUIERO ver a su superior!

Kat levantó la vista del bebé que tenía en los brazos para mirar a su apuesto marido, que estaba de pie junto a la cama del hospital.

—Es tan perfecto... —murmuró extasiada—. Y sí, creo que el nombre de «Alek» le va como anillo al dedo.

Zach parecía tan agotado como se sentía ella, pero era un cansancio del bueno, del que iba acompañado de una profunda sensación de dicha.

—Eso mismo pienso yo. Y ahora deberías dormir un poco, ¿no te parece?

Kat asintió.

—Tenemos una familia, Zach —murmuró sin poder creérselo aún, volviendo a mirar la carita del pequeño que había llegado al mundo a las seis de esa mañana.

Zach puso su mano sobre la de ella.

—Somos una familia —la corrigió, mirándola a los ojos.

El vozarrón de Alekis interrumpió aquel momento tan tierno, haciéndose oír de nuevo en el pasillo. Esa vez el bebé abrió los ojos, que eran marrones, como los de su padre, pero salpicados por unas motitas ambarinas.

—Cierra los ojitos, Alek, no dejes que el bisabuelo te despierte. Ya te acostumbrarás a él —le susurró Kat.

–Si se parece en algo a ti –le dijo Zach–, lo tendrá comiendo en la palma de su mano en nada de tiempo.

–¿Qué puedo decir? –contestó Kat con una sonrisa traviesa–, es que todo el mundo cae rendido a mis pies. Pero creo que deberías salir y decirle que pase. ¡Menudo escándalo está armando! Lo echarán del hospital.

Zach suspiró con resignación y se inclinó para acariciar el cabello oscuro de su hijo y depositar un cálido beso en los labios de su esposa.

–Lo has hecho de maravilla, preciosa –le susurró.

–Ha sido un esfuerzo conjunto –protestó ella.

–Estás siendo demasiado generosa. Mi contribución requirió mucho menos esfuerzo –replicó él, con esa sonrisa pícara que adoraba.

–Ah, bueno, en eso yo también puse de mi parte, creo recordar.

Zach sonrió aún más.

–En cualquier caso, debo decir que me alivia que no se parezca a Alekis. Ese ha sido mi mayor temor durante estos nueve meses.

–¿Ese ha sido tu mayor temor? –lo picó ella riéndose–. Yo creía que te preocupaba que me resbalara y me cayera, o que pasara demasiado calor, o que pasara frío, o que…

–Está bien, está bien… ¿qué tiene de malo que un hombre se muestre protector con su esposa? –replicó–. Y ahora tenemos a este niño tan precioso… ¿Verdad que es una maravilla?

–Pues claro que lo es. Es igualito que su papá.

–¡Doctor! –rugió Alekis en el pasillo con desdén–. Le he dicho que quiero hablar con su superior. No soy un niño.

–Zach, por Dios… Ve y dale la noticia antes de que empiece a decirle a todo el mundo que no habría ningún bebé si él no nos hubiera puesto al uno en el camino del otro y que ese había sido su plan desde el principio… –dijo Kat, riéndose suavemente.

–Está bien. Y le diré a tu abuelo que no se permiten visitas hasta mañana.

–Pero si la matrona dijo…

Zach le impuso silencio con un beso.

–Mañana –repitió.

–Gracias, eres un marido estupendo.

–Tengo que mejorar mucho –admitió Zach–, pero estoy en ello –añadió llevándose la mano de Kat al pecho.

–¿Es que no ha visto el nombre que pone en el ala de cirugía, joven? ¡Es mi nombre! Porque se construyó con una donación que hice yo. Infórmese y descubrirá que tengo muchas influencias en este hospital –seguía gritando Alekis en el pasillo.

–Pero no en esta habitación –le prometió Kat al bebé que dormía en sus brazos.

Zach asintió.

–Ah, por cierto, toda la plantilla y los voluntarios de El Refugio me pidieron que te diera muchos besos cuando le envié a Sue un mensaje de texto para decirle que nuestro pequeño ya había nacido –le dijo–. Y Sue me ha pedido que te diga también que hizo una visita relámpago al nuevo centro que han abierto, y que todo va sobre ruedas.

–¡Eso sí que es una buena noticia! –exclamó Kat.

En los últimos meses, gracias a las donaciones de su abuelo habían abierto cinco centros más para ayudar a las mujeres maltratadas, y Zach había extendido a dos ciudades del Reino Unido su programa de orientación para chicos de la calle.

–Y… me ha pedido que te diga también que todo está bajo control, y que lo que tienes que hacer es relajarte y disfrutar del bebé.

–Pues claro que… –Kat no acabó la frase, porque los gritos de su abuelo hicieron que el pequeño Alek se removiera inquieto en sus brazos–. Zach, por el amor de Dios… ¡Ve y salva al pobre médico y a las enfermeras!

Zach obedeció entre risas porque, después de todo, Kat lo había salvado de una vida muy solitaria y le había hecho el mayor de los regalos que podía hacerle. Su amor incondicional.

Bianca™

Tendría que pagar a su captor con su inocencia

PRISIONERA DEL CONDE

Sara Craven

Maddie Lang llevaba una existencia tranquila. Se había criado en un pequeño pueblo de Inglaterra, por lo que no esperaba que en un viaje a Italia por motivos de trabajo terminara convirtiéndose en la prisionera del atractivo condo Valieri.

Encerrándola en su lujosa casa, el conde esperaba poder vengar a su familia. Por mucho que Maddie deseaba evitar que su traidor cuerpo despertara, las hábiles caricias del conde hicieron saltar las primeras chispas de lo que podría convertirse en las llamas de una peligrosa adicción...

Acepte 2 de nuestras mejores novelas de amor GRATIS

¡Y reciba un regalo sorpresa!

Oferta especial de tiempo limitado

Rellene el cupón y envíelo a
Harlequin Reader Service®
3010 Walden Ave.
P.O. Box 1867
Buffalo, N.Y. 14240-1867

¡Sí! Por favor, envíenme 2 novelas de amor de Harlequin (1 Bianca® y 1 Deseo®) gratis, más el regalo sorpresa. Luego remítanme 4 novelas nuevas todos los meses, las cuales recibiré mucho antes de que aparezcan en librerías, y factúrenme al bajo precio de $3,24 cada una, más $0,25 por envío e impuesto de ventas, si corresponde*. Este es el precio total, y es un ahorro de casi el 20% sobre el precio de portada. ¡Una oferta excelente! Entiendo que el hecho de aceptar estos libros y el regalo no me obliga en forma alguna a la compra de libros adicionales. Y también que puedo devolver cualquier envío y cancelar en cualquier momento. Aún si decido no comprar ningún otro libro de Harlequin, los 2 libros gratis y el regalo sorpresa son míos para siempre.

416 LBN DU7N

Nombre y apellido	(Por favor, letra de molde)
Dirección	Apartamento No.
Ciudad	Estado Zona postal

Esta oferta se limita a un pedido por hogar y no está disponible para los subscriptores actuales de Deseo® y Bianca®.
*Los términos y precios quedan sujetos a cambios sin aviso previo.
Impuestos de ventas aplican en N.Y.

SPN-03   ©2003 Harlequin Enterprises Limited

DESEO

Una noche y dos secretos

KATHERINE GARBERA

La heredera Scarlet O´Malley no quería saber nada de compromisos, pero cuando después de una noche de sexo inesperado descubrió que estaba embarazada, decidió ir en busca del padre de su futuro hijo. Lo que Scarlet no sabía era que Alec Velasquez se había hecho pasar aquella noche por su hermano gemelo. Aún más sorprendente fue que cuando supo la verdad y volvió a encontrarse con Alec seguía ansiando sus caricias. ¿Tendría que replantearse su decisión de no enamorarse jamás?

Bianca

**Juntos frente al altar por sentido del deber…
apasionadamente reunidos en la cama**

SU REINA DEL DESIERTO

Annie West

Karim, el príncipe del desierto, necesitaba una esposa para asegurar su ascenso al trono de Assara. Inteligente, cautivadora, la reina Safiyah sería la elección perfecta, pero el dolor de su compromiso roto años atrás parecía un obstáculo insalvable.

En esa ocasión, Karim exigirá algo sencillo: un acuerdo diplomático, un matrimonio de conveniencia para salvar al país.

Pero la reunión de Safiyah con Karim, el hombre al que no podía amar, no tenía nada de conveniente.

El deber los había vuelto a reunir, pero será un innegable lazo de pasión lo que hará que deban admitir un deseo que nunca se había apagado del todo.